TAKE
SHOBO

国王陛下と甘い夜

新妻は旦那様にとろとろに愛されたい

伽月るーこ

Illustration
なおやみか

JN036400

蜜猫
MitsuNeko

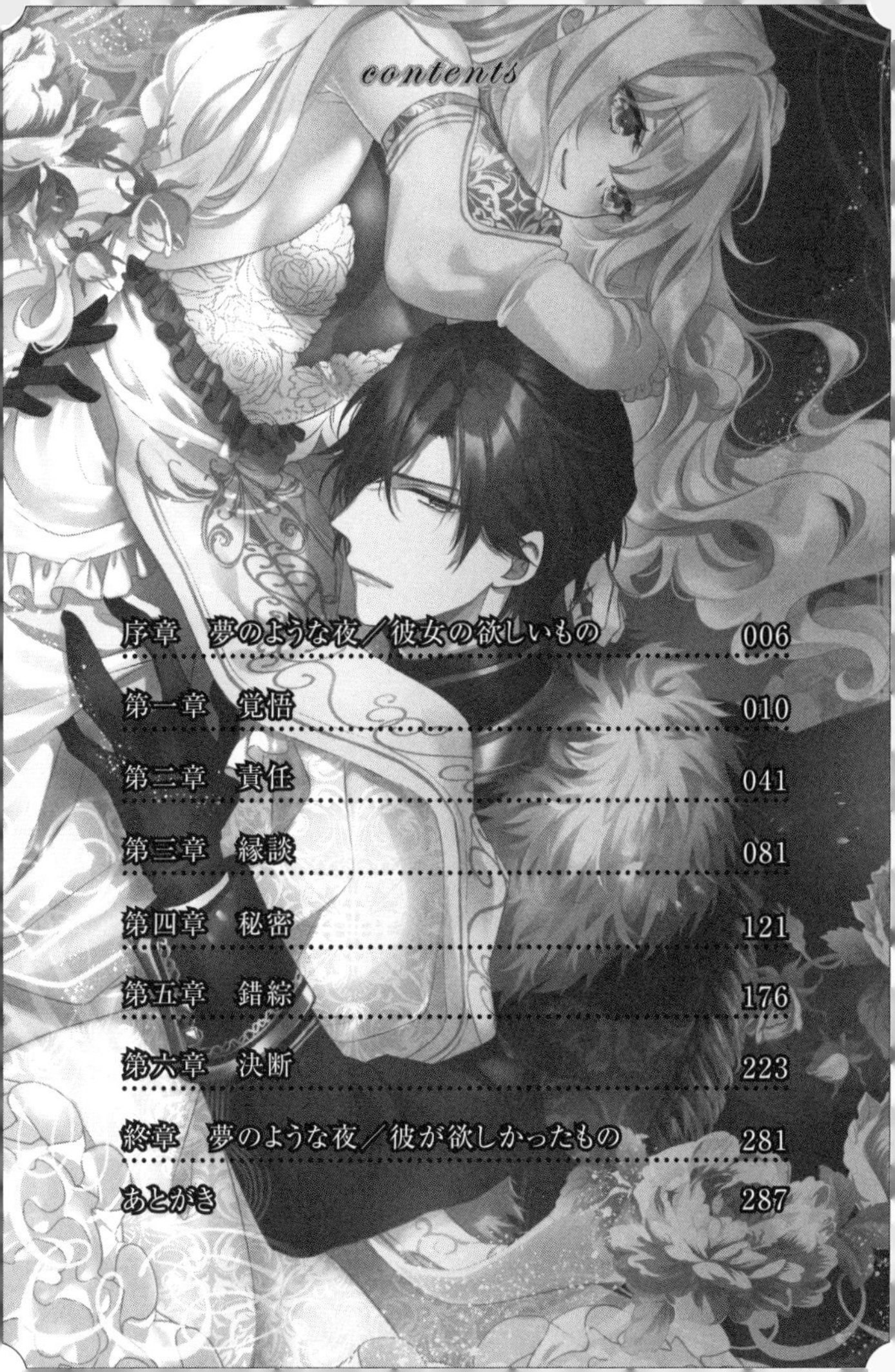

contents

序章　夢のような夜／彼女の欲しいもの　006
第一章　覚悟　010
第二章　責任　041
第三章　縁談　081
第四章　秘密　121
第五章　錯綜　176
第六章　決断　223
終章　夢のような夜／彼が欲しかったもの　281
あとがき　287

イラスト／なおやみか

国王陛下と甘い夜

新妻は旦那様にとろとろに愛されたい

序章　夢のような夜／彼女の欲しいもの

彼女が初めて彼と出会ったのは、七つのときだ。

ひと目見た瞬間、この人だと思った。

理由はわからない。

火照る頬《ほお》をそのままに、気づくと胸の高鳴りに突き動かされるようにして小さな手を伸ばしていた。あのときふくふくとしていた手は大きくなり、その指はしなやかに伸びている。目線だってもう子どものそれではない。

十年という歳月が、彼女を幼女から少女へと成長させた。

今も昔も、この心はたったひとりを求めている。

決して振り向くことをしない、たったひとりだけを、今でもずっと。

だから、こんなことはありえない。

「よろしければ、一曲お相手願えませんか？」

いつも届かない手を伸ばしていたのは彼女のほうで、跪《ひざまず》いて手を差し出される側ではなかったはずだ。

それなのに、どうして。

頭が疑問で埋め尽くされ、その場で動けなくなっている彼女に、彼はしょうがないなあと言いたげに口元を綻ばせた。その笑みに、呆《ほう》けていても心臓は大きく高鳴る。

「約束しただろう？　一緒に踊るのは十七になってからだって」

それを聞き、一瞬で胸がいっぱいになった。

「……お、覚えててくださったのですか？」

ときめきでうまく呼吸ができない。言葉を詰まらせる彼女に、彼は微苦笑を浮かべた。

「俺が、約束を反故《ほご》にするような男だとでも？」

「いいえ……、いいえ！　でも、あのときの私は七つでした。子どもの戯言《たわごと》を、本気にされているとは思わなくて……」

「では、あれは冗談だったのか？」

それは、全力で否定する。

彼女が思いきり首を横に振ると、彼は甘やかすように笑った。

「なら、手」

彼の優しい声に促される。いいのだろうかと戸惑いながらも、彼女は差し出された手にそっと自分のそれを重ねた。それを合図に立ち上がった彼が、流れるような動きで隣に寄り添う。

あっという間の出来事だった。腰に回った手のぬくもりで女性扱いされているのが嫌でもわかり、嬉《うれ》しいよりも緊張が先に立つ。

「いつもの笑顔はどうした？」

身体が強張《こわば》ったのが彼にも伝わってしまったのだろう。

彼女は、彼に心配をかけまいと今の自分にできる精一杯の笑みを浮かべて隣を見上げた。その笑顔がぎこちなくなっていることなど気づかずに。

だから、彼女はどうして彼が困ったように笑ったのかわからなかった。

小さく首をかしげる彼女だったが、彼の手に頬を覆われ、息を呑《の》む。彼の指先が、彼女の緊張をほぐすように頬を撫《な》でてきた。おかげで、ほんの少し呼吸が楽になった。

「ここから先は、俺だけを見ていればいい」

もとより、十年も前からずっと彼だけを見ている。

彼しか見ていない。

自分にできることがわかり、ようやく彼女は微笑《ほほえ》むことができた。

「それなら得意です」

自信を持って答えた彼女に、彼は穏やかに微笑み頷《うなず》く。そしてゆっくりと歩き出した彼にエスコートされ、彼女は色とりどりのドレスの間を縫って中央まで進み出た。向き合って挨拶をし、腰を優しく引き寄せられたあとは、互いの呼吸に合わせて踊るだけ。

腰に添えられた彼の大きな手のぬくもり、繋《つな》いだ手、吐息が触れる距離にのぼせそうになる。

だが、浮ついた気持ちのままではいられない。もし万が一、彼の足を思いきり踏むようなことがあれば、せっかくの時間が台なしだ。

彼女は緊張を吐き出すように小さく息をつき、彼に微笑んだ。それを合図にゆっくりと踊りだしたら、数分もしないうちに緊張などどこかへいってしまった。

だってもったいない。

凛々《りり》しい彼をこんなにも間近で、人の目も憚《はばか》らず見つめられるのは、きっと今だけだ。

『そろそろ、おまえの結婚について真剣に考えようと思っている』

ふいに昨夜父から告げられた言葉が蘇《よみがえ》る。

いつか、それを言われる日が来ることを彼女は知っていた。

だが今ではないと、まだもう少し先だと、浅はかにも自分をごまかした。その結果、ずっと心に居座っていた想《おも》いはそのままだ。朝まで泣きはらしても暴れ狂うそれは心の奥底で渦を巻き、熱を持ち、胸の内で嵐でも飼っているような苦しみを彼女に与える。

今だってそうだ。彼と触れ合うところから押し寄せる幸せと切なさで、ときおり胸が張り裂けそうになる。

それでも彼女は必死で涙を堪え、笑顔で踊りきった。

最初で最後の、彼との円舞曲《ワルツ》を。

第一章　覚悟

ここまできたら、もう後戻りはできない。

ルーティシア・エル・ゴードウィンは、重厚なドアの前にいた。

緊張で早くなる鼓動をそのままに、手のひらの鍵を見下ろす。大丈夫だと自分を落ち着かせるようにして深呼吸をすると、大広間で続いている舞踏会の、耳心地のいい音楽がかすかに聞こえた。

この音楽が終わらないうちに、事をすまさなければ。

ルーティシアは覚悟を固めるように小さく頷いた。

今この国――ゴードウィンには、友好国レイノルドの国王とその従者が滞在している。いつも以上に警備は厳重だ。ルーティシアでさえも、レイノルド側の騎士の協力がなければこの部屋の前にたどり着くことすらできなかっただろう。だからこそ時間がない。

小さく息を吐いたルーティシアは、ドアの鍵を開けて静かに部屋の中に足を踏み入れる。すると、奥の大きな窓から入り込む月の光に照らされたベッドが目に入った。

そこに、彼はいた。

着の身着のままで、眠るというよりは横になっている状態で寝息をたてている。その姿を見るだけでルーティシアの胸は熱くなり、自然と息苦しくなった。

（いやいや、ここでときめいている場合ではないのよ、ルーティシア！）

本番は、これからなのだから。

そう自分に言い聞かせ、ルーティシアは気合いを入れて眠る彼に近づいた。

足音を立てないよう一歩、また一歩と歩を進める。

息を潜めてベッドのそばまでやってきたルーティシアは、手にした合鍵をサイドテーブルに置き、ベッドへそっと腰掛けた。

そして、眠る彼——現レイノルド国王・ヴァレリー・レインを見つめる。

しどけない寝姿は起きているときの彼とは違い、とても無防備だ。精悍《せいかん》な顔つきすら、あどけない。やわらかな月の光に照らされる真紅の髪は息を呑むほど美しく、ある種の神々しさを感じる。月下の薔薇を愛《め》でているような、そんな幻想的な気分になりながら、ルーティシアはいつまでも眺めていたい寝顔だと思った。

だが、それだけで事足りる思いだったら、今ここに彼女はいない。

いくら友好国といえど、他国の王が眠っている部屋に無断で入るなど許されない。だからこれは、今まで両国が築いてきた信頼を揺るがす行為であり、行動だ。

それをわかっていても、彼女はこの衝動を堪えることができなかった。

（……どうしよう）

彼の穏やかな寝顔を見ているだけだというのに、もう触れたい。ぎゅっと抱きしめたい衝動に駆られる。だが、だめだと首を横に振り、ペンダントを首から外した。さっきまで胸元にあったクリスタル製の小さな香水瓶を手のひらにのせ、蓋《ふた》を開ける。

鼻先を、甘い香りがかすめた。

『胸元であたためると甘く香る。相手を思えば思うほど、香りは甘くなると聞いた。だからまあ、一種のまじないだと思ってやってみな』

これを用意してくれた協力者の言葉が蘇り、教えられたまじないが本当なのだと理解する。ルーティシアは、自分の手のひらに香水瓶の中身を数滴垂らし、とろりとしたそれを指先につけると、眠るヴァレリーの唇に塗った。

「……ん、うまくできない」

むいむい、とやわらかな唇に塗りつけるのだが、彼がそれを舐《な》める気配はない。それならば仕方がないとベッドから立ち上がる。本当だったら、彼の唇に触れたこの幸せな指先を舐めてしまいたかった。しかしそれをしないのは、これがルーティシアの計画になくてはならないものので、ルーティシアには必要のないものだからだ。

甘美な誘惑を断ち切るように指先から視線をそらし、ルーティシアはペンダントの香水瓶をサイドテーブルへ置いた。

「確か蜂蜜酒《はちみつしゅ》がここに……、あった」

水差しと一緒に並んでいるガラス瓶を手にして、グラスへ注ぐ。

これはルーティシアがあらかじめ用意しておくよう侍女に頼んでおいた寝酒だ。彼は酒に弱く、情に厚い。舞踏会の主催であるゴードウィン王家のもてなしで出された寝酒であれば、きっと安心して飲んで眠るだろうと思い仕組んだものだった。

「それを、どうするんだ？」

「ヴァレリーさまに、飲ませるのです！」

背後から問いかけられた声に疑問を抱かず、ルーティシアは振り返って自信満々に告げる。なんなら笑みすら浮かべて、自分の考えた計画があと一歩で達成されるのだという喜びを込めて答えた。まさか本人――ヴァレリーが起きているとは思わずに。

「ほーお？」

美しい琥珀色《こはくいろ》の瞳を細めた彼を見て、ルーティシアはその場で固まった。

眠っていたはずの愛《いと》しい人が、目を開けてベッドの上で横向きに寝そべっているのだ。時間が止まるのも無理はない。

彼はゆっくりと身体を起こし、ベッドに座り直した。

「蜂蜜酒を俺に飲ませて、どうしようとしていた？」

形の良い唇から奏でられる低い声に、腰骨の辺りが疼《うず》いてはっとする。

「一緒に酒を飲むには、いささか夜が更けているように思うが？」

ため息まじりに言うヴァレリーが、咎《とが》めるようにルーティシアを見た。

「ルーティシア・エル・ゴードウィン第一王女殿下」

名前と肩書を言われた瞬間、線を引かれたのがわかった。自分の立場を突きつけられたルーティシアは、ヴァレリーに向き直り夜着の裾を両手で持ち上げる。

「夜分遅くに失礼いたします、ヴァレリー・レイン陛下。先程は、一緒に踊ってくださりありがとうございました」

「御託はいい。用件はなんだ」

軽く膝を折って挨拶をしたルーティシアは、姿勢を正し、息を吸った。

「近い内、私の結婚が決まりそうです」

愛しい人を目の前にして、違う男の元へ嫁ぐかもしれない事実を言葉にした。その瞬間、じわりじわりと自分の胸に実感が押し寄せてくる。

「……」

目の前の男は何も言わない。表情すら変えなかった。

さすが一国の王だ、心の内を微塵《みじん》も出さない。

それならば口を開かせるまでだとルーティシアは続ける。

「父が、私の結婚を真剣に考えていると言っていました」

「そうか」

祝福の言葉も驚いた様子もなく、淡々と返事をする彼を見て、これ以上は無駄だと理解した。

ルーティシアが求めている何かしらの答えを引き出すのはやはり無理だろう。

真剣に対峙《たいじ》してみてわかった。

ここにいるのは国王としての彼なのだと。

「それで、用件はなんだルーティシア」

月の光を背にかすかな威圧感が伝わり、腰骨のあたりがざわつく。

言外に「さっさと用件をすませて出ていけ」と言われているのがわかる。だが、ルーティシアは負けじと背筋を伸ばした。そしてやわらかな月の光のようなハニーブロンドを揺らし、宝石のような碧《あお》い瞳を向け、満面の笑みでこの部屋に来た理由を告げた。

「私、ここへ夜這《よば》いしにきました」

彼の威圧感が一瞬で消える。

淀《よど》みなく答えたルーティシアに面食らったのだろうか、ヴァレリーは時間が止まったように動かなかった。にこにこと微笑むルーティシアをただ見ていたヴァレリーは、たっぷりと間をとってから口を開いた。

「…………………は？」

「ですから、夜這いです」

しっかりはっきりと理解してもらうために、二度目は少し強調して言った。

そのおかげか、同じ言葉を二度聞いたせいかはわからないが、ヴァレリーはようやくルーティシアがこの部屋にいる理由を理解したらしい。がっくりと項垂《うなだ》れた。その隙に、ルーティシアはいそいそとベッドへあがり、ヴァレリーの近くにちょこんと座った。

「どうしてそうなった……」

頭を抱えんばかりの様子で言うヴァレリーに、ルーティシアは自信を持って答える。

「ヴァレリーさまが、好きだからです」

平然と思いを伝えるルーティシアをちらりと見て、ヴァレリーは盛大なため息をついた。

「……今すぐ部屋へ戻れ」

「お断りします」

「ルーティシア」

「嫌です」

断固としてこの場を動かない意思を伝えるように、ルーティシアは笑みを崩さなかった。その態度でヴァレリーも察したのだろう、かすかに腰を浮かせる。

「なら俺が」

「出て行けるものなら、どうぞ」

するとと浮かしかけた腰を下ろし、ヴァレリーはゆっくりと琥珀色の瞳を向けてきた。

「……そういえばさっき、俺に何をしていた」

「内緒です」

「ルーティシア」

若干、彼の語気が荒くなったが、そんなのいつものことだ。

その手にはのらない。怯《ひる》みそうになる心を叱咤《しった》して、ルーティシアは挑むように微笑む。

「内緒なのです」

頑《かたく》なに態度を変えないルーティシアに、ヴァレリーはこれみよがしに何度目かのため息をついた。座り直した彼は、向き合ったルーティシアに手を伸ばし、その頬を覆った。

「いい子だから」

大好きな彼の手と優しい声で懇願されたら、頑《かたく》なな心もあってないようなものだ。ヴァレリーの手のひらに猫のように頬を擦り寄せ、ルーティシアはあっさり答える。

「媚薬《びやく》を飲ませました」

正確には未遂だが、彼の唇に塗った薬はもうない。きっと舐め取られた後なのだろう。その証拠に、ルーティシアの頬を覆う彼の手が動揺を示すようにかすかに震えた。

間違ったことをしている自覚はあるが、間違ったことは言っていない。ここまできて、気持ちは揺らがなかった。

ルーティシアは、その手を離すまいと彼の手に己のそれを重ねる。

「……おまえは、その薬がどんなものか知っているのか」

試すような視線に、ルーティシアは微笑んだ。

「はい。私は飲んだことがないのでよくわからないのですが、蜂蜜酒で流しこむと即効性があるとかないとか……。でも、徐々に薬が効いている気はします」

「……どうしてそう思う?」

「教えてもらったんです。まず最初に身体が火照《ほて》るって」

手のひらに再び頬を擦り寄せ、ヴァレリーの琥珀色の瞳を見つめた。

「それで、少しずつ自分の意思とは関係なく女が欲しくなるんですよね」

そのときは、きっともうすぐだ。手のひらの熱さに、ルーティシアの胸が密《ひそ》かに高鳴る。

「……なるほどな。ちゃんと理解したうえで使ったようだ」

「お褒めに預かり光栄です」

「褒めてない」

ぴしゃりと言われても、ルーティシアはめげない。

「でもこれは、ヴァレリーさまのためでもあるんですよ?」

ゴードウィンとレイノルド。両国の歴史は古い。建国史には初代国王に嫁いだ姫とレイノルドへ嫁いだ姫は姉妹で、そこから両国の交流が始まったと記載されている。途中、レイノルド王家の血は不慮の事故で絶えたが、当時宰相をしていたレイン家当主が王となり国を復興。その復興劇に一役買ったのが、先々代のゴードウィン国王だったという。

血縁が途絶えてもなお、互いの国が今まで築いてきた歴史という名の絆《きずな》を重んじて今がある。今もこうして互いの王が互いの国に安心して滞在できるのも、友好の証とされた。

その長い友好関係に、王女《ルーティシア》自ら亀裂を入れたいわけではなかった。

「媚薬は言い訳です。もし万が一今夜のことが父にバレたとしても、私に媚薬を飲まされたのだと本当のことを言ってくだされば、父もヴァレリーさまにひどいことはしません」

つまり、誰が悪いのかをはっきりさせておけばヴァレリーの身は守れるはずだ。

「だから安心して私を抱いてください」

どうぞ、とルーティシアは己を差し出すようにして両腕を広げた。

大好きな人に抱いてもらえるのであれば、悪役になるぐらいどうってことない。それにこの国には、レイノルド王国に留学している弟がいる。もし今夜のことが露見してルーティシアが嫁げなくなったとしても、弟がいればこの国は安泰だ。

それを敏《さと》い彼も気づいたのだろう。

「……そうか。この国には王子《アルフレッド》がいたな。だから結婚が決まる前にこういう手段に出たわけか」

ヴァレリーはそうつぶやき、笑みを崩さないルーティシアをじっと見てから、なんとも言えない表情をしてうなだれる。その拍子に、頬を覆っていた彼の手が離れて落ちた。

「まったく……何を考えているんだ、おまえは……」

呆《あき》れるような声を出したヴァレリーに、ルーティシアは素直な気持ちを言葉にした。

「ヴァレリーさまのことです。私は、今も昔もずっとあなたのことしか考えていません」

にっこり微笑むルーティシアを前にして、ヴァレリーは困ったように頭をかく。

「それが本当なら、少しでも俺の気持ちを考えたことはあるのか」

気づくと身体が勝手に動いていた。ルーティシアは無防備な彼の手を両手で掴《つか》み、それを自分の胸に押し当てると、驚きで見開かれたヴァレリーの瞳を見る。

「だったら、ヴァレリーさまは私の気持ちを考えたことがありますか？」

薄い夜着から、ヴァレリーの指先と手のひらのぬくもりが伝わる。たったそれだけのことで、ルーティシアの小さな胸は幸せを見つけたようにときめき、この身体は求めていたぬくもりを感じて熱を持つ。

「私、本気です」

ヴァレリーにどう思われようとも、この気持ちに嘘《うそ》はなかった。

胸に渦巻く嵐のような思いが、この手を伝って少しでも彼に届くことを願い、続ける。

「七歳のときからずっと、ずっとずっと、ヴァレリーさまのことを想い続けてきました。それなのにヴァレリーさまは、私の気持ちを理解するどころか、子どもだとあしらってばかり……。

でももう、十七になりました。私、十七になったんです！　ヴァレリーさまの言う子どもではありません！」

　ルーティシアの真剣な瞳から視線を逸《そ》らすことなく、ヴァレリーは静かに言う。

「……俺は、おまえの父親と歳が近い。三つしか違わないんだぞ」

「存じてます」

「三十四のおっさんから見たら」

「私みたいな小娘、子どもだとおっしゃりたいのでしょう？」

「……」

「もう何度も聞きました。でも、年齢なんて関係ないです。私はあなただから好きになりました。だから努力できない年齢を引き合いに出して、諦めさせようとしないでください。それは公平ではないわ」

　はっきりと挑むような気持ちで言うルーティシアの心の叫びを、ヴァレリーは黙って聞いていた。それから程なくして、彼は小さく頷く。

「……確かに、ルーティシアの言うことにも一理ある。だが、今みたいに無理やり俺と一夜を共にしようと画策するのは、果たして公平なのか？」

　目線を合わせる琥珀色の瞳から、彼の真剣な思いが伝わった。その表情に、ようやく彼がルーティシアの気持ちと向き合ってくれようとしているのがわかり、静かに息を吐く。

「いいえ」

これが間違っていることだなんて、百も承知だ。

そうでなければ、舞踏会で踊り終わったあと、喉が渇いているだろうからと酒が弱い彼に、わざと果汁で割っていないワインを渡したりしない。

悪いことをしている自覚はある。

「だから私は、罰を受けます」

「罰？」

「はい。私これから、大好きなヴァレリーさまに嫌われるんです」

満面の笑みで言うルーティシアの心はひどく痛み、苦しさを訴えていた。

だが、こうでもしなければヴァレリーを思う嵐のような激しい気持ちと決別できない。

父の口ぶりからして、ルーティシアが嫁ぐのは時間の問題だろう。そうなったら最後、王女であるルーティシアはその縁談を断れない。

それが王族の、王女としての自分が国のためにできる最大の務めだからだ。結婚に「心は必要ない」と恋を知ってから散々教育された。

王族は『好きな人』と一緒になることはできない。決められた相手に嫁ぐのだ、と。

だからルーティシアは、ヴァレリーへの想いを自分の口から語るようなことはしなかった。

ヴァレリーを想う日々が、いつか消えてしまうことを理解していたからだ。さすがに身近にいる侍女や弟には気づかれてしまったが、父の前でだけはことさら気を遣った。

これは、ルーティシアだけの恋。

王女でもなんでもない、ここにいるたったひとりの少女の恋だ。

だが、いざ父から自分の結婚について言及されると、捨てると決めていたはずの想いが嵐になった。捨てきれない想いを殺すには、一度想いを遂げてしまえば楽になるのではないかと気づき――〝夜這い〟という方法に出た。

好きな人と一緒に添い遂げることはできなくても、抱いてもらえた記憶は残る。そしてきっぱり嫌われればいい。ルーティシアがひどいことをすれば、きっと彼も自分を嫌ってくれるはずだ。

そうすればルーティシアは未練を残すことなく、彼に抱いてもらった幸せを胸に国のために生きていける。今夜のことを誰かに言うつもりはなかった。

「媚薬を使ったことを許してくださいとは言いません。だから、こんな私を、こんな卑劣な方法でしか諦められない私を、どうぞ嫌って軽蔑してください。それが私の罰です」

だから、泣かない。

どんなに泣きたくなっても、泣いたりしない。

これが、ルーティシア・エル・ゴードウィンが考えた、恋の決着だ。ずっとずっと大事に抱いていた、ヴァレリーへの恋心を捨てることができると信じて――ルーティシアは、並々ならぬ覚悟とともに、ここにいる。

「媚薬を使うということは、俺に気持ちなく抱かれるんだぞ」

「……わかっております」

震える声で答えたルーティシアに、ヴァレリーが切なげに表情を歪《ゆが》めた。

「……それはさすがに、ルーティシアが報われないだろう」

ああ、泣きそうだ。

胸を覆う大きくて優しいぬくもりにすがるようにして、ルーティシアは手に力を込める。

「構いません。私にはこの一夜が、これからの希望になります。私の一方的な思いにヴァレリーさまを巻き込んでしまったのは申し訳ないですが、私は今夜の記憶さえあれば生きていけます、いいえ、生きていきます」

強い気持ちを持ってヴァレリーを見つめると、しばらくして彼はゆっくりと口を開いた。

「……ルーティシアは、それでいいのか？」

「はい。これ以上、私の気持ちでヴァレリーさまに迷惑をかけたくないですから」

あくまでも、これは自分の恋を終わらせるための一夜にすぎない。

「レイノルド国王ヴァレリー・レイン陛下。どうか、私を抱いてください。この一夜をもって、この想いを断ち切るとお約束します。あなた以外の誰かに抱かれる前に、あなたの肌を教えてください。最後に、幸せをください」

胸に押し付けた彼の指先がかすかに動く。

少し、ほんの少しだけ、彼の瞳が揺れたように見えた。

「おまえは……、どうしてこう、そこまで……」

彼にしては、珍しく動揺しているようだった。

王家として歴史が浅いレイン家と国民の期待、そして国王という責務を背負う彼は、常にいつもどこか気を張っているように見えた。どこにいても、何をしていても『王』であり続けることを忘れなかった彼が、今初めてルーティシアに違う顔を見せてくれた。

ようやく同じ場所に立たせてもらえたような気がして、ルーティシアは微笑む。

「ヴァレリーさまが好きなだけです。好きで好きで、どうしようもなく好きで、十年間、脇目も振らず、ずっと好きでいた私の気持ち、少しは本気だと理解していただけました？」

すると、ヴァレリーは困ったように笑った。

「……そうだな」

その、いつもと違う反応にルーティシアは目を瞬《まばた》かせる。どんなに好きだと伝えても、子どものくせにとあしらってばかりだったヴァレリーが受け入れるように笑ってくれた。

これは、これはもしや。

「ヴァレリーさま、少しは私の気持ちに絆《ほだ》されて……」

生まれたばかりの希望を言葉にするルーティシアだったが、彼はすぐに、にっこりと笑い、

「ふぎゅ」

ルーティシアの鼻を空いた手でぎゅっとつまんだ。

「それとこれとは話が別だ」

さっきの反応は、ルーティシアが見た都合のいい夢だったのだろうか。

すぐに離された鼻を庇《かば》うように指先で撫でながら、そんなことを思う。そして、その隙に彼の手はルーティシアの手の中から逃れてしまった。

「……むぅ、やはりそう簡単に流されてはくれませんね」

「それを承知で、こういう手段に出たのだろう？」

ヴァレリーは、どこか諦めた様子でため息まじりに言ってから、小さく息を吐いた。

「だったら、俺もそれに応えなくてはいけないな。男として」

それはもしや、今夜はここにいてもいいということだろうか。

そう思った瞬間、ルーティシアは顔をほころばせて満面の笑みになった。

「ありがとう、ヴァレリーさま……ッ！」

こらえきれない嬉しさから、喜び余ってヴァレリーの首に抱きつく。

「あ、こら」

すぐにヴァレリーがルーティシアの身体を受け止めるようにして背中に腕を回したが、あまりの勢いに、そのままふたりしてベッドへ倒れ込んでしまった。

「ごめんなさい、ヴァレリーさま。私……ッ！」

図らずもヴァレリーを押し倒してしまったルーティシアは、慌てて上半身を起こし、息を呑んだ。手を置いたそこは彼の逞《たくま》しい胸元で、薄布越しに熱が伝わり、寛《くつろ》がれた首元ははだけている。シャツから覗《のぞ》く鎖骨や無防備な首筋に目眩《めまい》を覚えて視線を上げると、けだるげな琥珀色の瞳とかちあった。

そのあまりの色香に、思わずルーティシアの喉が鳴る。

昔からずっと美しいと思っていたヴァレリーだったが、歳を重ねるごとにそれは色気とともに増していた。いつだったか、転びそうになったルーティシアをすんでのところで助けてくれたことがあった。そのときのゴツゴツとした手の感触に、心臓が恐ろしいぐらい跳ねたのを今でも覚えている。踊っているときも、甘みを帯びた低い声を聞いては、何度腰が抜けそうになったことだろう。

ちゃんと最後まで踊れたのが、奇跡のようだ。

それだけ、ルーティシアにとってヴァレリーという存在は会うたびに大きくなり、その想いは会えない時間にひっそりと育まれていた。

そんな、どんなに想っても見ているだけだった彼が、今手の届くところにいる。

その事実に、ルーティシアの胸は名も知らぬ感情でいっぱいになった。

「はぁああ。ヴァレリーさま、素敵」

思わず漏れた心の声に、ヴァレリーは息を吐き、しょうがないなと言うように笑う。そして上半身を起こしてルーティシアの腰を抱き寄せた。突然のことに息を呑むルーティシアを抱いたまま、彼は器用に移動してたまっているクッションに背中を預けた。

「俺は、ルーティシアにそこまで想ってもらえるような男じゃない」

「……」

「国王になったのだって、兄が病死したからだ。おまえの父のようになんでもできる器用さもなければ、兄のように聡明《そうめい》なわけでもない。ふたりのように求められた王であればよかったんだが……、急ごしらえの王だ。気づいたら嫁をもらい損ねたつまらん男でもある。だから、おまえを幸せにしてやれるかどうか……」

静かに己を語る彼の声を聞いていたら、ルーティシアは自然と膝立ちになって、ヴァレリーの顔を胸に抱き寄せていた。

「ヴァレリーさま、かわいい」

「か、かわ？　……今の独身男の情けない話を聞いて、どうしたらそう思えるんだ」

何度目かのため息まじりの声に、ルーティシアは「んー」と言いながら続ける。

「だってヴァレリーさま、そんなことで悩んでいらっしゃるんだもの」

さほど大きくはない胸の間にいる彼が、ルーティシアを見上げた。その琥珀色の瞳に誓うように、ルーティシアは満面の笑みで答える。

「私が、あなたを求めているんです」

それがすべてだった。

「初めて私と出会ったときを覚えていますか？」

「……ああ」

「あのとき、ヴァレリーさまはお兄さまを亡くされて、王になられたばかりでした。まだまだ大変な状況だというのに、父と一緒に誕生日を過ごせなかった私に膝をついて」

『姫の誕生日に大好きな父上を奪ったのは私です。申し訳ありません』

「――って、腕から溢《あふ》れんばかりの大きな花束を渡してくださいましたよね」

「あれは……、こちらの都合に関係のないルーティシアを巻き込んでしまったお詫《わ》びも兼ねている。自分の特別な日に大事な人と会えないのは寂しいからな」

「でもそれは、ヴァレリーさまも一緒でしょう？」

「……」

「私の父は生きていますけど、ヴァレリーさまは大切な方を亡くされました。その悲しみはどれほどのものでしょうか……。私は想像するだけで胸がぎゅっとなりました。なのにあなたは、その歳の誕生日を父と過ごせなかった私の心に寄り添ってくださったんです」

そのとき芽生えたあたたかな想いが、恋になった。

「たったそれだけのことと、あなたは思うかもしれません。でも、私の心はあなたでいっぱいになりました。ヴァレリーさまを好きでいられたこの十年、とても幸せでしたよ」

ルーティシアは胸に抱いていたヴァレリーを離し、彼の琥珀色の瞳を覗《のぞ》き込《こ》んだ。

「私、ヴァレリーさまに幸せにしてもらいたいだなんて思っていません。ヴァレリーさまを好きでいられるだけで幸せだから、それ以上はいらないんです」

そう笑って言った直後、ルーティシアの笑みは苦笑に変わる。

「その気持ちに嘘はありません。ありませんけど……、その、白状すると、私これでもヴァレリーさまを諦める努力もしました」

恋は、幸せなものばかりでできていない。

ずっと持て余していた恋心は、幸せだけでなく、ときに苦しみも連れてくる。彼が素敵な女性と話すのを見るたび、ルーティシアの心は羨望と自分への絶望でいっぱいになった。

早く大人になりたくてもなれない現実に苦しんでは、「どうしてヴァレリーさまじゃなきゃだめなんだろう?」と、疑問を抱くこともあった。

「他の人を好きになって、楽になりたいと思ったこともありました。でも、ヴァレリーさま以外の方に触れられるだけで、気分が悪くなってしまうんです」

「……」

「どんなに苦しくても、私はこの恋を諦められないみたいです。おかげで、今ではどんなヴァレリーさまでも大好きって言い続ける自信があります」

ルーティシアは、胸を占める彼への愛しさに顔をほころばせる。そこへヴァレリーの手が首の後ろに伸びて、力任せに抱きしめられた。腰を下ろし、彼の首筋に顔を押し付けられたルーティシアは、一瞬何が起きたのかわからなかった。

「俺も、覚悟を決めるか」

つぶやかれた一言が気になり、ルーティシアがゆっくりと離れる。

「どうかなさったのですか？」

ヴァレリーはきょとんとするルーティシアの頭をひと撫でするだけだ。何も言わず、片手でサイドテーブルに用意された蜂蜜酒の入ったグラスを手にして、それを一気にあおった。喉を鳴らしながらの飲みっぷりは潔く、彼の口の端から蜂蜜酒が溢《あふ》れ出る。

ああ、もったいない。

そう思ったら、身体が勝手に動いていた。

「ん？」

ルーティシアは彼の胸元に手を添えて近づき、ヴァレリーの顎下から口の端へ向かって溢れ出た蜂蜜酒を舐め取る。母特製の蜂蜜酒は結構スパイスが効いているはずなのに、舐め取ったそれは不思議にも甘かった。

「あまい」

呆けるヴァレリーにはにかむと、彼は盛大なため息をつきながらサイドテーブルに空のグラスを戻し、その手で目元を覆う。

「…………………こういうことは、誰から教わるんだ」

こういう、とは何を示しているのだろう。

だが、浮かんだ疑問はどうでもよかった。今のルーティシアに大事なのは、愛しい人の顔が見えないことだ。ルーティシアは、ヴァレリーの目元にかかっている彼の手を退《ど》かす。

そしてその頬をそっと撫でた。

すると、ヴァレリーがルーティシアの手に擦り寄せるように顔を傾け、親指の腹を舐め上げる。ちろちろと舌先で舐めたかと思うと、指先を口に含まれて肩が揺れた。

なんとなく、この行為にいやらしさを感じて視線をそらそうとしたのだが、琥珀色の瞳がじっとルーティシアを見つめて離さない。いつもと違う雰囲気をまとわせるヴァレリーを見るのが初めてだからだろうか、彼の色気に引き込まれる。

「……ヴァレリー、さま？」

「ん？」

舌先で指の腹をくすぐられ、腰骨の辺りからぞくぞくとした感覚が這《は》い上がった。かすかに身体を揺らすルーティシアの反応を、ヴァレリーはどこか楽しんでいる様子だ。

「こ、声が出てしまいます……ッ」

「いいんじゃないか。夜這いに来たのだろう？」

「そう、ですけど……ッ、んんッ」

かすかに指を噛《か》まれた刺激が、ルーティシアの思考を邪魔する。

出したことのない甘い声を彼に聞かれ、そのときの表情まで見られているのが、どうしようもなく恥ずかしかった。しかもヴァレリーは、さらにいやらしく舌先を動かすのだから、たまったものではない。

少しずつ、自分の中の何かを削《そ》ぎ落《お》とされていくような感覚が、ヴァレリーからもたらされる甘い刺激に上書きされていった。

「……ところで、さっきの俺以外の男に触れられた、という話なんだが」

「ん、……んッ」

「そのかわいい声は聞かせたのか？」

「……んんッ」

「参考までに、教えてほしい」

少し、ほんの少しだけ甘くなった彼の声は、ルーティシアの耳に心地よく響く。指先に与えられる舌先からの愛撫《あいぶ》に、ルーティシアの心は素直に答えた。

「いいえ……」

「では、どこを触らせた？」

「……唇を」

舌先の動きが、止まった。

ヴァレリーはゆっくりとルーティシアの指先を解放し、手を伸ばしてくる。大きな手が愛撫にとろけるルーティシアの頬を覆った。そのぬくもりに、彼女は安心して頬を預ける。すると、彼の親指の腹がルーティシアの唇をなぞった。

「ここを、許したのか？」

「あ、でも——んぅ」

突然、彼の親指が口を割って中に入ってくる。それはルーティシアの無垢《むく》な舌を撫で、甘い刺激を与えた。ヴァレリーが触れていると思うだけで、触れたところから甘くとろけていくような感覚に陥り、身体が小刻みに揺れる。

「あどけない顔が、舌を撫でただけで一瞬にして女の顔だ」

「んぁ、ぁ、ふ」

「こんな顔をされたら、相手もたまらなかっただろうな」

ああ、だめだ。彼の声が頭に入ってこない。

ルーティシアの舌を撫でるヴァレリーの指を感じるだけで、幸せだ。しどけない顔をさらしている自覚がないルーティシアだったが、口の中から指を引き抜かれて我に返る。

「……どうした？」

「ヴァレリーさまに触っていただけて……、幸せで」

舌が甘く痺《しび》れているせいか、少々舌っ足らずではあったが、ルーティシアは口元を緩ませた。

それを見たヴァレリーは一瞬きょとんとして、それから困ったように笑った。

「ルーティシアは、本当に俺のことばかりだな。……それなのに、おまえは俺ではなくどこかの誰かに、この唇を許したのか？」

唇をまた指の腹で撫でられ、かすかに肩が揺れる。

「どこかの誰かではありません。フィリップさまです」

「フィリップ？　フィリップって、あのフィリップか？」

「はい。ヴァレリーさまの従弟《いとこ》で、今うちに滞在しているレイノルド騎士団副団長のフィリップさまです。それと、唇を許したのは指ですよ？」

「……指？」

「ええ。先程のヴァレリーさまみたいに、指で唇《ここ》をなぞられたんです。以前、フィリップさまにどうしたらヴァレリーさまを諦めることができるのかと相談したら、この指を知らない男の唇だと思えと言われて……」

「なるほど、別の男とくちづけできるかどうか試したのか」

「ちょっと触れただけで嫌でした。……私は、するならヴァレリーさまがいいです」

「なら、してみるか？」

どうぞ、と言わんばかりに、ヴァレリーは目を閉じた。

「い、いいんですか⁉」

「いいもなにも、さっき俺の顔舐めただろ」

そういえばと、彼の口から溢れた蜂蜜酒を舐めとったことを思い出す。あのときは思わなかったが、もしかしなくてもあれはかなり大胆な行動だったのでは。

瞬時に顔が熱くなったが、ヴァレリーの声で我に返った。

「ほら」

ヴァレリーに促され、緊張で胸が破裂しそうになるのを堪えながら、ルーティシアはゆっくりと距離を詰めていく。近づいてくる彼の唇、その吐息が唇に触れた直後、ルーティシアは思わず首を傾け——彼の頬に唇を押し付けていた。

それも、たった一瞬。

「……ッ」

すぐに離れたルーティシアだったが、唇に触れた頬の感触が蘇って腰のあたりがくすぐったい。ヴァレリーが目を開けたことにも気づかず、ルーティシアはつぶやく。

「……くちづけを」

「ああ、頬にな？　舐めるのもくちづけもあまりそう変わらんと思うが」

「ヴァレリーさまに……」

「……ルーティシア。俺の話を聞いているか？」

「私、ヴァレリーさまに、くちづけ……しちゃった」

そう改めて言葉にすることで、唇に残る感触とともに実感が伴い、冷静でいられない。

「ど、ど、どうしましょう！　頬だったからよかったものの、もし触れたのがヴァレリーさまの大事な唇だったら……、ああいけません、想像しただけで死んでしまいそうです!!　本当によかった、ヴァレリーさまの唇を奪わなくて！　でも頬！　ふぁああああ、やわらかくて気持ちよかったです！　ではなくて!!」

動揺が動揺を呼び、ルーティシアの気持ちをかき乱す。こんなにも、くちづけをした事実が嬉しくてしょうがない。触れてしまった頬の感触がまだ唇に残っていて、少しでもヴァレリーの近くにいけたような錯覚すら覚えて胸がいっぱいになった。

ああ、だめだ。

泣かないと決めていたはずなのに、幸せすぎて涙が溢れる。この唇がヴァレリーの頬に触れた。たったそれだけのことで、こんなにも幸せになれるとは思わなかった。

「……泣くほど嬉しいのか」

「だって、だって……、ヴァレリーさまにずっとしたかったくちづけですよ？」

「頬程度のことでこうなら、おまえは唇にされたらどうなってしまうのだろうな」

からかいまじりの声で言うヴァレリーを前に、ルーティシアは顔を真っ赤にさせた。

「きっと死んでしまいます！」

「幸せすぎでか？」

「……はい。たぶん」

頷いたルーティシアに、ヴァレリーはしょうがないなというように微苦笑を浮かべる。

「まったく……、それだけうぶなのに、よく夜這いなどという発想が浮かんだものだ」

「それはフィリップさまが……！」

ついうっかり口が滑った。

しまった、と思ったときには遅く、ヴァレリーがルーティシアの頬を両手で挟むように固定し、目の前でにっこりと微笑んでいた。

「フィリップが、なんだって？」

「……」

「ルーティシア」

「なんでも……」

「ない、などと今さら言えると思うな。……ということは、今夜この部屋にルーティシアを通したのはあいつの仕業で、夜這いと媚薬も、全部フィリップの入れ知恵か」

大好きな琥珀色の瞳に見つめられると、嘘はつけない。

ルーティシアは、心の中でフィリップに謝り、素直に頷いた。

「……そういうことなら頷ける。あいつの乱れた女関係は、それなりに耳に入っているからな。

……ん？　待てよ、まさかそれを見越してあいつに相談したわけじゃ……」

投げかけられた疑問に視線を彷徨《さまよ》わせ、ルーティシアは再び頷く。

「それでよくその程度ですんだものだ」

呆れたように言うヴァレリーに、ルーティシアは顔を上げた。

「あの、確かにいろいろ協力してくださったのはフィリップさまですけれど、この計画を立てたのは私です。私が悪いんですから、フィリップさまを責めないでください」

懇願するルーティシアの思いが通じたのか、ヴァレリーは諦めたように息を吐く。

「……わかった」

よしよしと頭を撫でてくれるヴァレリーだったが、その瞳が、急に真剣なものに変わった。

あれ、と思ったときにはヴァレリーに両手首を掴まれ、引き寄せられていた。彼の顔が近づいてきて思わず目をつむると、

「――大人ぶるのは、もうやめだ」

唇に吐息が触れた。

第二章　責任

一瞬、何が起きたのか理解できなかった。

唇にやわらかな感触が触れたと思ったら離れていき、視界にヴァレリーが現れる。彼は、片手で前髪をかきあげた。呆けるばかりのルーティシアに彼は微笑み、また近づいてくる。

かすかに顔を傾けたヴァレリーがまぶたを閉じ、吐息が触れ合う距離になってもまだよくわからなかった。しかし、唇にやわらかな感触がして初めて自分の状況を理解する。

今度は、先程よりもしっかりと唇を押し付けられた。

「……ッ」

驚きに目を瞠《みは》り、かと思うとまばたきを繰り返す。

頭の中が真っ白に染まっていく間、ヴァレリーは舌先でルーティシアの唇を軽く舐め上げ、これが現実なのだと伝えてから離れた。残ったのは、唇の濡《ぬ》れた感覚だけ。

「……何をそんなに驚くことがある？」

「だ……って、くちづけ……」

「したな。いけなかったか？」

ヴァレリーにされていけないことなど、何ひとつない。――が、どうしてこうなったのだろう。ルーティシアは、ただ首を横に振ることしかできなかった。

「なら、いいな」

いいの、だろうか。

戸惑うルーティシアに、意地悪く微笑んだヴァレリーの、優しく、誘うような甘い吐息が近づいてくる。あ、と思ったときには食《は》むように唇を覆われ、そのやわらかな感触に胸が甘い痛みを訴えてきた。ヴァレリーに食べられているような感覚に陥る。

「こういうとき、目は閉じておくものだ」

唇が触れ合う距離で甘く囁《ささや》かれたルーティシアは、言われたとおり目を閉じた。視覚が遮断され、ヴァレリーが見えなくなったというのに、今まで以上に彼を感じる。そこへ、口を割って入ってきた彼の舌で口の中がいっぱいになった。

その瞬間、すべての感覚が「気持ちいい」で上書きされた。

「んぅ、……ん、ん……ッ」

触れ合うだけのくちづけしか知らないルーティシアにとって、口の中をまさぐるようなくちづけは初めてのことだ。それを理解していたのか、ヴァレリーの舌は性急に求めることはせず、ルーティシアの舌に優しく絡みつく。指の腹で撫でられたときとは違う、ぬるついた感覚に甘い痺れが生まれ、腰から力が抜けていくのがわかった。

「ふぁ……ん、ぅ」

じゅる、軽く舌をこすり合わせるたびに、いやらしい音が部屋に響く。目を閉じているせいか、さっきからずっとヴァレリーの熱を感じてやまない。

逃さないと言わんばかりに手首を掴む指先の強い力、絡みついてくる舌の熱と淫靡《いんび》な音、ときおり漏れる甘い吐息だけでなく、唇のやわらかさまでもが、ルーティシアに快楽を教え込んでいるような気がする。

だって、どれも嬉しい。

ヴァレリーに与えられているから、なおのことそう思うのかもしれないが、それ以上に、ヴァレリー自身の愛撫が優しくて勘違いをしてしまいそうになる。胸に渦巻く嬉しさと切なさで、心がはちきれそうだった。

「んんぅ、ん、んんッ」

絡みつく舌にじゅるじゅるとしごかれ、快楽でいっぱいになる。簡単で単純な己の身体は、素直にヴァレリーの愛撫を欲した。

「ん、……ヴァレリー……さま」

ルーティシアは舌が引き抜かれた隙に、目を開ける。

目元にたまった涙が、頬から滑り落ちた。

「……私、どう……したら……」

「素直になればいい。俺が欲しいなら、欲しい、と」

「……え？」

「俺も、そうしている」

それはつまり。

「…………ヴァレリーさま、もしかして私が欲しいんですか？」

ついうっかり口を滑らせてしまった。とはいえ、言ってしまったことは元に戻せない。ああ、きっとまた「バカを言え」とあしらわれる。似たようなやりとりを何度となく繰り返しているのだから、未来は見えたも同然だ。

だが――、

「ああ」

この言葉を聞いて、喉が詰まった。

ルーティシアの言葉を肯定するような返事を聞き、我が耳を疑う。それが相手にも伝わったのだろうか、ヴァレリーはさらに言葉を重ねてきた。

「欲しい。だからさっきから、欲しがっているだろう？」

突然のことに、頭がついていかない。

どうしたら急に考えが変わるのか理解に苦しむ。が、その答えはすぐに出た。

媚薬だ。

媚薬が効き、待ちわびたそのときがきたのだとルーティシアは理解する。

「あとは、身をもって知ればいい」

楽しげにつぶやいたヴァレリーの唇がルーティシアのそれに重なり、掴まれていた手首も離された。そして、その手は無遠慮に力強くルーティシアの細い腰を抱き寄せ、もう片方の手はルーティシアの頬を覆った。

「んむ、んんッ」

かすかに開いた口を割って入ってきた舌に翻弄され、先程教えられた快楽を引き出される。

絡みついてきた彼の舌が、じゅるじゅるとルーティシアのそれをしごくように吸い上げると、こすれるところから甘くなった。

頭の奥がぼんやりして、ヴァレリーから与えられる甘美な快感にうっとりする。

「……んぅ、ん……ッ、あ、ふ、ぁ……ん……」

頬を覆っていた彼の手が顔の輪郭をなぞるように、頬から首筋、そして鎖骨へとおりていくと、ふっくらとした胸に辿《たど》り着《つ》く。突然のことに思わず身体を引こうとしたのだが、腰に回っていた彼の腕に力が入り、くちづけが深くなった。

「んんぅッ⁉」

どうやら、逃がす気はないらしい。

ずっと好きだった彼にこうして独り占めにされるのは素直に嬉しい。嬉しいが、そこはまだもうちょっと心の準備をさせてもらいたかった。

しかし――。

「かわいい。……かわいいよ、ルーティシア。大丈夫だから触らせて。触りたい」

ヴァレリーがくちづけの合間に甘く囁くせいで、抵抗していた気持ちが溶けていく。

彼のシャツを掴んでいた手から力が抜け、しだいにヴァレリーへ身体を預けていった。

余計な力が抜けたことで、ヴァレリーは夜着越しにルーティシアの胸をやわやわと揉《も》み始める。下から上へ円を描くように揉み上げられ、あまりの気持ちよさに身を捩《よじ》った。

だが、本当にこれでいいのだろうか。

「ん、んぅ……、ヴァレリーさま……」

「ん？」

唇を触れ合わせたまま返事をする声は、ひどく甘い。腰骨のあたりがざわついたが、すぐに唇を塞がれる前に、ルーティシアは口を開いた。

「私の身体、楽しくなかったら……ごめんなさい」

かろうじて聞き取れる程度の声で謝罪を伝える。すると、唇を離したヴァレリーは小さく息を吐き、額をこつりと付け合わせた。

「そんな言い方をするな。俺はルーティシアに触れられてとても機嫌がいいんだ」

「でも私」

「もし大きさを気にしているのなら、問題ない。俺は大きさよりも」

言いながら、彼の指先が胸の先端をひっかくように撫でた。

「ひゃんッ」

突然、甘い痺れが胸の先端から全身に広がり、身体が跳ねた。腰骨のあたりがまだぞくぞくしている。何が起きたのかとヴァレリーを見つめると、彼は嬉しそうに笑った。

「ルーティシアのかわいい反応が見られれば、それでいい」

そう言って嬉しそうに、それでいて甘く微笑むのだから、胸の高鳴りで死んでしまいそうだ。彼は何度ルーティシアの心を自分のものにすれば気がすむのだろう。

胸をいっぱいにさせる愛しさに、涙が浮かぶ。

「……どうした？」

ヴァレリーが、甘やかすような声で問う。

「ヴァレリーさまは、私をどれだけ好きにさせたら気がすむのですか」

「……」

「私、これ以上ヴァレリーさまを好きになったら、どうなってしまうのですか……？　私の小さな胸でもいいって言われただけでこんなに胸がいっぱいで、ヴァレリーさまに触ってもらえるだけで私は幸せすぎて怖いのに、もうどうしたら……ッ。私……、私……」

ルーティシアの口から溢れた不安とともに、眦《まなじり》から涙が溢れ出る。

「死んでしまうかもしれません‼」

真剣な表情で叫ぶように伝えるルーティシアを前に、ヴァレリーは一瞬目を瞠って、

「また、それか……ッ！」

盛大に笑った。

ぶは、と笑い始めるヴァレリーを見ながら、ルーティシアはきょとんとする。そんなにおもしろいことでも言っただろうか。しかし、今にも腹を抱えんばかりに笑うヴァレリーを見るのは珍しすぎて、もっと見ていたい気持ちが勝る。ルーティシアの胸に渦巻く不安も疑問も、ヴァレリーは文字どおり——笑い飛ばしてくれた。

ルーティシアがまたヴァレリーに惚《ほ》れ直していると、彼の優しい視線が向けられる。

「おまえは俺といると死にそうになってばかりだな」

「……だって、そうなんですもの」

「でも、死ななかっただろ？」

「え？」

「俺がくちづけをしても」

そういえば、と思い返して、唇に蘇るヴァレリーとのくちづけの感触に頬を染める。

「それに、そう簡単に死なれちゃもっとすごいことができなくなる」

なんとなく、なんとなくだが、ヴァレリーの雰囲気が変わったような気がした。のんびり昼寝をしていた獣を起こしたような、そんな曖昧な感覚が、ルーティシアをじわじわと包んでいく。ヴァレリーはルーティシアの髪をひと房手にして、それを口元へ引き寄せた。

「それにおまえはさっきから、俺が本気になるたびにかわいいことを言って止めるんだが、それも企《たくら》みのうちか？」

なんのことか、まったくわからない。

ヴァレリーの言う本気の意味もわからなければ、企みを立てる余裕もない。

今のルーティシアは、すっかりヴァレリーに翻弄されている。そんな状態で謀《はかりごと》などできるわけがなかった。ヴァレリーは、呆けるルーティシアに見せつけるようにして手にした髪にくちづけ、ちらりと視線を向けてくる。その琥珀色の瞳の奥に、情欲の炎が揺らめいているのだが、それが理解できるほどルーティシアは大人ではなかった。

意味がわからないといった表情をするルーティシアに、ヴァレリーはにっこり微笑む。

「俺はそろそろ、我慢の限界だ」

言うなり髪を放したヴァレリーが口を開ける。あ、と思ったときには首の後ろに手が回り、ぐっと引き寄せられた直後、噛《か》み付くように口を塞がれた。

「んんぅ」

差し込まれた舌が性急にルーティシアのそれに絡みつき、吸い上げられる。もう片方の手は再びルーティシアの胸を覆い、その頂《いただき》を指先でひっかいた。

「んんぅ、んふ、んんッ」

ヴァレリーから与えられるものすべてが、甘い。

ひっかくような愛撫を与えられた胸の先端は、彼の指先がもたらした快感を孕《はら》んで、その形を主張し始める。少しずつ硬くなるそれとともに、与えられる快楽も大きくなった。

「ん、ん、……ふぁ……、ヴァレリー……さま……」

離れていく唇は、互いの唾液で濡れ光っている。

それをいやらしく舌で舐め取ったヴァレリーが、視線を逸らさずに薄く笑った。

「随分といやらしい形になった」

夜着を押し上げる乳首の存在を知らしめるかのように、ヴァレリーはつんと尖《とが》ったそこをつまむ。きゅ、と軽くつままれただけで、腰骨の辺りから甘い痺れが全身に走った。

「ふやぁッ」

それも一度ではなく、二度、三度と快楽を教え込む。

「んッ、や、ぁあッ」

「そうかわいい声を出さずとも、もっといじってやる」

「ち、ちが……ッんぅ」

喘《あえ》ぐルーティシアの唇を舐めあげ、ヴァレリーは楽しげに指先を動かした。

きゅむきゅむとつまんだり、尖ったそこを指先で軽く押し込んで円を描くようにこねたり、乳首の先っぽをかわいがるように撫でさすった。そのどれもが気持ちよくて、ルーティシアの乳首は、いじられるたびに甘く尖る。

「ん、ん、ぁ、……や、あ、あッ。それ……ッ」

「これが好きか」

尖ったそれを、指先で上下に揺さぶられ、身体が何度も震えた。

「や、ちが、あ、あ、あッ……も、だめ……ッ」

気持ちよすぎて、どうにかなってしまいそうだ。

じんじんと痺れるぐらいいじられた乳首は、快楽を教え込まれたのか、すっかり「もっとして」と快感を求めるように硬度を増す。喘ぐ声は止まらない。しかもヴァレリーの楽しげな瞳に、快楽に侵された己の顔が映っていることがたまらなく恥ずかしかった。

「やぁ、見ない、で……ッ。ヴァレリーさま、見ちゃ、いやぁ……ッ」

「無理を言うな」

「お願い……、ヴァレリーさま」

眦にたまった涙が、こぼれ落ちる。

さすがに、この懇願にはヴァレリーも考えるように視線を彷徨わせた。

「……ん。わかった」

再びヴァレリーにくちづけられ、優しい快感に包まれる。ああ、そう、もう少しこれを堪能したかった。あたたかい陽《ひ》の下でする昼寝のように、ヴァレリーのくちづけに気持ちよくなっていると、右肩を撫でられる。次に、左肩。かすかに衣擦《きぬず》れの音が聞こえた気がしたのだが、絡みつく舌に吸い上げられた音でかき消された。

もうすっかり、ルーティシアはヴァレリーとのくちづけに夢中だった。

だから、彼の手が腰に添えられても、促されるように膝立ちにさせられても、疑問にも思わなかった。やがてゆっくりと唇が離れていき、ヴァレリーの顔が現れて初めて――無防備な胸がさらけ出されていることに気づいた。

「ッ⁉」

ルーティシアが咄嗟《とっさ》に手で胸を隠そうとしたら、夜着の袖が抜けた。驚きの声をあげるルーティシアの隙をついて、ヴァレリーは彼女の腰を抱き寄せる。おかげで、座ることができなくなった。

「気づくのが早いな」

ヴァレリーはルーティシアの胸元に顔を埋めることで、彼女が次にとろうとしていた行動を制すだけでなく、胸も隠されないようにしたらしい。ルーティシアは間抜けにも中途半端に両腕を上げた状態で、裸の胸に顔を埋めるヴァレリーを見下ろしていた。

ああ、なんていやらしい光景なのだろう。

頭がくらくらするのを感じながらも、ルーティシアは視線をそらすことをしなかった。

それを見越していたのだろうか、ヴァレリーは手早くルーティシアの腰にたまっていた脱ぎかけの夜着を、身体の線をなぞるようにして下ろしていく。そこではっとした。

「ヴァレリーさま……ッ！」

咎めるように名前を呼ぶと、彼は胸の間から顔を上げて意地悪く笑った。

「約束は守った。これなら見えない」

そう言って目を閉じたヴァレリーが、顔を右に傾けて胸にくちづける。ふに、という唇の感触とともに、ぞくぞくとした感覚が身体を甘くさせた。さっきまでいやというほど与えられていた快感を身体は覚えているのか、小刻みに震える。

「んッ、んんッ」

何度となく身体が跳ねても、ヴァレリーのくちづけは止まらなかった。

胸の間に唇を押し付け、そっと舌先で舐めてくる。快感が肌をざわつかせる感覚にまた身体を震わせ、身体を支えるようにヴァレリーの肩を掴んだ。

ぞくぞく、ぞわぞわする。直接素肌にくちづけられる快感を教え込む、ヴァレリーの唇はやわらかい。それは、くちづけとはまた違う快感をルーティシアに与えた。

「ん、ヴァレリー……さま……。ん、あ」

ルーティシアが見下ろしているのがわかっていたのだろうか、腰を抱くヴァレリーの手がそっと彼女のむき出しの胸に伸びる。まるで見せつけるような手の動きに、ルーティシアが焦りの声を出した。

「え、ちょ、ちょっと待ってくださ、そこは、触っちゃ――ゃあッ」

ヴァレリーの指先は迷うことなく、ルーティシアのつんと勃った乳首をつまんだ。

「あ、あッ、んんッ」

何度となく彼の指によってつままれた乳首が、軽く伸ばされる。敏感になったそこが、指先からの愛撫に喜んだように色づき、固く尖っていった。それを見るだけで、いやらしくてたまらない。ヴァレリーに自分の身体を好きなようにされているのを見せつけられ、お腹《なか》の奥がむずむずしてきた。

「も、……やめ……、恥ずかしい……ッ」

「そんなにかわいい声を出して言うことじゃあないな」

胸の間から顔を離したヴァレリーが口元を緩ませる。

まつげを揺らして現れた琥珀色の瞳が、ルーティシアを捉えた。

「よけいに、俺を煽るだけだ」

ヴァレリーは美しい彫刻を眺めるようにルーティシアの胸を見つめ、指先で優しく撫でた。

薄布一枚越しの感触ではなく、しっかりとしたヴァレリーの熱を肌に感じ、身体が震える。おもむろに、ヴァレリーが口を開けた。

あ、もしかして。

胸に浮かんだ予想とも、期待とも言える感情に、乳首は素直にぴんと勃つ。自分の心を見せつけられたのが恥ずかしいと思うのもつかの間、ヴァレリーは「問題ない」とでも言うように、ルーティシアの期待に尖るそれを口の中に含んだ。

「んぁッ、ああんッ」

ぬるりと乳首にまとわりついた舌の感触が、一瞬にしてルーティシアの頭を真っ白にさせる。ああ、だめ、気持ちいい。彼の髪に指を差し込み、前かがみになっても、その愛撫は止まらなかった。

乳首に絡みつく舌は、じゅるじゅると音を立て、おいしそうにそれをしごき上げる。指先からもたらされる快感と舌先から与えられるものとでは、まったく違った。ちろちろと乳首の先端をくすぐった彼の舌は、尖ったそれに絡みついてちゅっと吸い上げた。

「ッあぁ！　や、それ、それだめ……ッ、あ、あんッ」

乳首を舐めしゃぶるヴァレリーを見下ろしながら、ルーティシアは何度も身体をよじらせる。だが、まだ足りないと言わんばかりに、ヴァレリーはルーティシアの乳首を舌先で激しく揺さぶった。今までと違う快感が全身を駆け巡り、すがりつく腕に力がこもる。

「あぁッ、あん、んッ、や、んんッ」

おいしそうに舐めしゃぶる音とルーティシアの甘い嬌声《きょうせい》が重なり、寝室に満ちていく。喘ぐルーティシアが身体を揺らしている間に、ヴァレリーのもう片方の手が胸に伸びた。

「あ、あぁ、待って、やぁああッ！　両方は……ッ‼」

彼の動きに気づいて声をあげたのだが、当然のことながらヴァレリーは止まらない。

どうしよう。片方を口の中に含まれ、舌先でもてあそばれているだけでもおかしくなりそうなのに、もう片方も指先でいじられたら一体どうなってしまうのだろう。

わからない恐怖よりも甘い期待が上回る中、彼の指先が胸の先端をつまんだ。

「あぁッ」

両方から与えられる快感に身体が悦《よろこ》びで震えたのがわかる。

さらにヴァレリーは乳首をつまみ、軽く引っ張る動きに合わせ、口に含んだもう片方を勢いよく吸い上げた。その瞬間、言葉にならない快楽に包まれ、頭の奥が白く弾けた。

「ッ、あぁ……ッ、あ、ああッ……あ、やぁあッ」

目の前がちかちかして、さっきよりも大きくはしたない声があがる。

じゅるるる、と吸い上げられ、もう片方も指先で好きにさせられたら最後、ルーティシアにできることはない。どうにかして押《お》し留《とど》めていた理性が一瞬にして快楽の海に堕《お》ちた。取って代わった快感は、ルーティシアの腰をがくがくと揺らし、ヴァレリーの愛撫をより甘美に伝えてくる。

「あ、ぁあ、も……、ヴァレリーさま……ッ」

身体をびくびくと揺らしながらも、眦から涙を流して姿勢を正す。胸に吸い付いているヴァレリーがちらりとルーティシアを見上げ、目尻を下げた。乳首をいじっていた手が離れていき、ヴァレリーの優しくなった目元を見ていたら安心に包まれる。

ああ、大丈夫。

なんとなく、そう思った。

ふ、と口元が緩み、気が抜けた直後のことだ。

「――ひゃッ、う⁉」

下腹部に違和感を覚え、変な声が出た。

「な、な、何をなさ……ッ、やぁッ」

狼狽《ろうばい》するルーティシアに返事をせず、ヴァレリーは平然とした様子で乳首をしゃぶっている。どうしたらいいのかわからない。足を閉じようにも、彼の足をまたいでいるせいで閉じることはできなかった。

おかげで、ルーティシアの秘所を撫でさすっているヴァレリーの手は止められない。

すでに蜜を滴らせている秘所を、彼の手は前後に撫で、茂みに隠れている花芽をかすめていく。夜這いをするのだからと夜着の下に何も身に着けていなかったのがいけなかった。彼の指先は溢れる蜜を掬《すく》い、花芽にぬりつけるように、そこを愛撫する。

「ん、んんッ……、や、だめ……ッ」

ぷっくりとふくれてきたそれを確認してから、彼の指が少しずつナカに入ってきた。

「待って、待って待って……ッ、入っ……！」

淫靡な水音を伴い、ゆっくりと彼の長い指が入ってくる感覚に身悶《みもだ》える。ヴァレリーのシャツを掴む手に自然と力がこもった。肉壁をなぞりあげながら奥に入ってくる感触と、じゅるじゅると乳首を舐めしゃぶる快感が重なり、頭の中が白く染まっていくのがわかる。

ああ、もうだめだ。だめ。

「だめぇ……ッ！」

悲鳴に近い声が寝室に響く中、快楽に耐えきれなくなったルーティシアの背中がのけぞる。その拍子に口に含まれていた胸の先端が離れ、腰に回ったヴァレリーの腕に力が入った。ルーティシアもまたどこもかしこも甘くなった熱い身体に力を入れ、倒れないようヴァレリーの首に抱きつく。彼の頭を抱えるようにして快感の波をやり過ごそうとするのだが、正直この体勢でいるのもつらかった。

「は……、あッ、んッ」

駆け抜けた快感の奔流が過ぎても、まだ余韻は残る。

身体が小刻みに揺れるルーティシアだったが、ヴァレリーがナカから指を引き抜いてくれたことで、ようやく腰を下ろすことができた。ヴァレリーの手に促されるようにして彼の胸に身体を預けると、その手が頭を撫でてくれた。後頭部を撫でる彼の手のひらの動きに、ルーティシアは顔を上げてヴァレリーを見る。この撫《な》で方《かた》には覚えがあった。

彼が帰るときや、別れ際によくされた撫で方だ。

ヴァレリーの優しい琥珀色の瞳を見上げ、ルーティシアは涙を浮かべる。

「やめないで……」

目をしばたたかせるヴァレリーに、ルーティシアは泣いて懇願した。

「やめないで、ください……。私、大丈夫、大丈夫ですから……、ちょっと……いいえ、想像以上にすごかっただけで、嫌なわけでは……ッ」

続けてほしいとお願いするルーティシアだったが、ヴァレリーに視線をそらされ、息を呑む。するとヴァレリーはルーティシアを抱き上げ、身体を反転させた。気づくと背中がクッションに包まれ、さっきまで向き合っていたはずのヴァレリーに見下ろされている。それはまさに、夢にまで見ていた光景そのもので、胸が痛いぐらいに高鳴った。

近づいてくるヴァレリーの唇が、ルーティシアの目尻にたまった涙を舐め取り、優しく微笑む。その唇が、徐々にルーティシアのそれへ近づいてくると静かに重なった。

「ん……」

触れるだけの優しいくちづけを何度も何度も繰り返して、それが互いのぬくもりになったころ、どちらからともなく舌が絡み合う。舌先を触れ合わせるところから甘さがにじみ、とけあっていく感覚に酔いしれると、自然に彼の首へ腕を回していた。

「ん、……んぅ、ん……ヴァレリー、さま……」

互いの吐息も絡ませながら、彼の名前を呼ぶ。すると、不安になっているルーティシアを安心させようとしているのか、ヴァレリーが頭を撫でてくれた。

今度は、いつものように。

ヴァレリーは唇を離して優しく言った。

「ここでやめられたら、最初から手は出していないよ」

その声に、わけもなく涙が溢れる。

これがたとえ媚薬のせいであったとしても、この幸せは本物だ。

「……すき」

溢れた思いが言葉となり、涙になり、縋《すが》る腕の力になる。

それを受け入れるようにヴァレリーはルーティシアを抱き寄せ、頭を優しく撫でた。

「知ってる」

大丈夫、わかってるから。

そう伝えるように頭を撫で、彼はくちづけながら己のシャツのボタンに手をかけた。

「……ルーティシア、少し待て」

唇を触れ合わせたまま、待てと言われてしまえば待つしかない。まだもう少しだけくちづけをしていたかった気持ちが表情に出ていたのか、ヴァレリーは苦笑して「またしてやる」と付け加えてから、上半身を起こした。

「……ッ」

窓から差し込む月の光に照らされて、ヴァレリーのしどけない姿が現れる。シャツの間から覗く鍛えられた肉体が、ルーティシアの心を容易に撃ち抜いた。心臓が大きく高鳴り、一瞬呼吸をするのを忘れるほど見とれてしまう。ヴァレリーは髪をかきあげてシャツを脱ぐと、惜しげもなくその上半身を顕《あらわ》にした。

「……どうした？」

ルーティシアの様子が気になったのか、ヴァレリーに問いかけられる。が、ルーティシアはそれどころではない。あまりにも格好良く、あまりにも色気がだだ漏れているヴァレリーを目の前にしているせいで、彼を正視することができなかった。

自分の顔を両手で覆い、とにかく落ち着かせようとする。

「ルーティシア？」

「な、なんでもありません。いつものことです」

「いつものこと……？　おまえは、そんなに頻繁に自分の顔を隠すことがあるのか？」

「そうですね！　主に、ヴァレリーさまがあまりにも格好いいときなど、自分を落ち着かせるために、こうしております！」

「………なんの話だ」

わけがわからない、と言いたげにつぶやかれたあと、ルーティシアの手首に手がかかる。そこから先は、力加減をしながらヴァレリーがルーティシアの手をどけさせた。

目の前にいるのは、上半身裸になったヴァレリーだ。その彼に、今自分は組み敷かれている。あまりの嬉しさとときめきで息苦しい。好きがだだ漏れるルーティシアをよそに、ヴァレリーは後ろのクッションに彼女の両手を押し付けて、右手を自由にする。そしてルーティシアの背後からクッションをひとつ引き抜いた。

「腰、上げてくれるか」

言われたとおりにすると、腰の下にクッションを差し込まれる。気づくといつの間に身体を割り込ませたのか、ルーティシアの足の間にヴァレリーの身体があり、秘所に熱い塊が触れていた。

「少しほぐしたが、まだ足りないと思う。本当なら舐めてやりたいのだが……」

どこの話をしているのだろう。

とろけた思考ではしっかり考えることができない。きょとんとしているルーティシアに、ヴァレリーは苦笑を浮かべて、秘所を熱の棒で少しこすった。

まるで「ここの話をしている」と伝えるように。

「……ッ」

ルーティシアは彼の行動の意図を理解し、すぐに顔を赤くする。

あんなところを舐めるだなんて、とんでもない。

ルーティシアは目に涙をためて、首を横に振った。それも勢いよく。しかし、すぐに思い直した。

「あ、でも、ヴァレリーさまが舐めたければ話は別です。……は、初めてのことで私が至らないこともあるでしょうから、ヴァレリーさまの好きにしてください」

頬を染めながら言うと、ヴァレリーは天を仰いで目元を押さえた。

「……ここでそれは、だめだろ」

何がだめなのだろう。

ふと疑問がよぎったが、すぐにヴァレリーがルーティシアに覆《おお》いかぶさってきたことで、出かかった疑問は喉の奥へ消えた。

「さっきから、おまえは俺をだめにする」

「……え。そう、なのですか？」

「絶妙なタイミングでフィリップの名前を出したり、かわいいことを言って中断させたり、今だって……どこで覚えてきたのか誘うようなことを言って……」

顔を上げたヴァレリーはうっとりとした表情で、ルーティシアの頬を撫でる。

「かわいがりたくなる」

甘く微笑んだヴァレリーに、どくんと心臓が大きく高鳴った。どきどきとときめく鼓動に目を瞬かせていると、彼は上半身を起こしてサイドテーブルに手を伸ばしていた。

彼が手にとったそれは小さな香水瓶だった。ヴァレリーはときめくことに忙しいルーティシアの前で手にした香水瓶を傾け、惜しげもなく中身を垂らす。

「ひゃんッ」

とろりとした冷えた感触が、ヴァレリーの熱棒を伝って割れ目を滴り落ちていく。

「ヴァレリーさま……？」

ベッドのリンネルが濡れていくのを感じながら、ルーティシアは彼が何をしているのかよくわからなかった。しかし、ヴァレリーが空になった香水瓶をベッドの上へ放《ほう》り、花芽を刺激するように腰を動かし始めたことで、その意味が少しずつわかってきた。

「あッ……あ」

「ん……ッ、っは、……ん」

ヴァレリーの呼吸が荒くなり、その表情も艶《つや》やかさが増していく。すると、熱の塊を秘所にこすりつけるヴァレリーの動きに合わせて、ルーティシアのぷっくり膨れたそこが、徐々に熱を持っていくのがわかった。熱い。ヴァレリーの熱によってそうなっているのかと思っていたのだが、どうやら違う。

むずむずしてきた。

「……んッ、ヴァレリーさま、……なん、か」

「変になって……きたか……？」

　額から汗を滴らせながら問いかけるその声は、腰が軽く浮くほど色っぽかった。つんと胸の頂が上を向き、硬くなる。ヴァレリーの声が、吐息が、表情が、花芽をこする熱が、どれも甘く絡みついてたまらない。

　ルーティシアが恍惚《こうこつ》とした表情で頷くと、ヴァレリーは口の端を上げた。

「ルーティシアの腰、……物欲しそうに動いてる」

「え……？」

「無意識に求めるほど、効いてきたってことか」

　なんのことだろうかと、快楽にたゆたう思考を捕まえ、ルーティシアは彼がさっき手にしていた香水瓶の中身を思い出した。

「……びや……く？」

「ああ。……ルーティシアが俺の好きにしていいと言ったからッ、使わせてもらった。……どうして、なんて訊《き》くなよ？　これは準備みたいなものだ」

　まあ、諸刃《もろは》の剣でもあるんだがな。

　続けられたつぶやきは、ルーティシアの耳に入ることはなかった。ヴァレリーが、割れ目にこすりつけていた先端をルーティシアのナカへ入れてきたからだ。

「んぁ、あッ」

花芽を親指でぐりぐり押しつぶしながら、彼の熱が奥へ進もうとする。――の、だが。

「ん、んんッ」

入り口の辺りで、出たり入ったりを繰り返すだけで奥へは進まない。

「……少ししか入れてないのに、びしょびしょになっているな」

「や、あッ、見ないでくださ……ッ」

「俺を受け入れようとして赤く熟れていくココは、今しか見られない。ああ、ほら、少し深く入れただけで……」

少しだけ奥に進んだ熱を放すまいと、ナカがうねる。きゅぅ、と奥が切なくなった。そこから先に進まない熱が欲しくて腰が浮く。

「俺を食い締めるばかりか腰を浮かせて誘うなんて……、いやらしくてたまらないな」

恍惚とした表情で笑うヴァレリーがあまりにも色っぽくて、頬に熱がこもる。

「ヴァレリーさまほどでは……、んッ、ない、です」

「では、ちゃんと理解したほうがいい。俺をこうさせたのはルーティシア、おまえだ」

それは、どういう意味だろう。

快楽に侵された頭では考えることができず、理解はずっと先にある。きっと手を伸ばしたところにあるのだろうが、ヴァレリーのことで頭がいっぱいでそれどころではなかった。

呆けるルーティシアに、ヴァレリーは余裕のない表情で覆いかぶさってくる。

吐息が触れる距離にいる彼が、じっと見つめてきた。

「責任は取る」

そしてルーティシアがその言葉の意味を理解するよりも先に、ヴァレリーは唇を塞いだ。

「ん、んんぅ、んんッ」

くちづけとともに、彼の昂《たか》ぶった熱がゆっくりと奥へ入ってくる。

それは、太くて大きかった。

誰も受け入れたことのない無垢な隘路《あいろ》は、媚薬の効果もあって蜜で溢れているが、まだほぐれきってはいなかった。それをヴァレリーも承知しているのか、熱の進みは遅い。

感じたことのない痛みに、自然と眉が寄ってしまう。

「ん、んぅ、んんッ」

指とは違う圧迫感に、息を詰める。だがありがたいことに、指の感覚を身体が覚えているらしく、みっちりとナカを満たしていく彼の熱を誘うように咥《くわ》えていった。

ゆっくりと、着実に。

「そんなにうねらせて誘わずとも、ちゃんと最後まで入れる。だから、息を吐いて」

唇を触れ合わせたまま吐息まじりにヴァレリーが言い、その声がまたルーティシアの心をいっぱいにさせた。

「ヴァレリーさま、ヴァレリー……さま……ッ」

「痛いなら、俺に爪を立てるといい」

唇を離してルーティシアの鼻頭にくちづけをしたヴァレリーに、彼女は首を振った。

「や……です。嫌」

「無理して我慢することはない」

あやすような声に、ルーティシアはもう一度首を横に振ってヴァレリーを見上げた。

「ヴァレリーさまがくださるものは、すべて覚えておきたい……、から」

眦から、涙がいくつも流れ落ちる。

「苦しくても、つらくても、痛くても……、平気」

そうでなければ、十年もずっとあなたに恋なんてしていなかった。

空っぽの自分を満たしていくヴァレリーの熱とともに、胸が幸せでいっぱいになっていく。

ルーティシアは、ヴァレリーの首の後ろに腕を回して微笑んだ。

「だから、ひどくして」

「……」

「いつまでもヴァレリーさまを覚えていられるぐらい、ひどくしてください」

優しくしないでと懇願するルーティシアに、ヴァレリーは苦しげに眉根を寄せる。

「それはできない」

「ヴァレリーさま……！」

「なおさら、大事にしたくなった」

「……ッ」

「大事に、させてくれ」

そう懇願したヴァレリーは、ルーティシアにそっとくちづけた。

そのやわらかな唇の感触と、唇から伝わってくるヴァレリーの優しさに涙が止まらない。幸せな気持ちで胸がいっぱいになるのがわかり、同時に切なくなった。これが最後なのだと理解していても、あまり優しくされると諦めきれなくなる。その意味を込めて言ったのだが、ヴァレリーはますますルーティシアを好きにさせた。

「ん……ッ、んぅ、んッ」

優しいくちづけは少しずつ激しくなり、ヴァレリーはルーティシアをベッドへ押し付けるようにして唇を貪った。食べられているような感覚に陥りながら、彼のくちづけに夢中になる。途中まであった彼の熱が、最奥を求めてさらに入ってきた。

くちづけが激しくなるたびに、ナカが彼でいっぱいになる。

互いの唇から溶け合うような感覚になったころ、唐突に唇を離したヴァレリーがルーティシアの細腰を掴んで――一気に彼女の身体を貫いた。

「ッあぁああ、あ、ぁッ」

腰が跳ね、待ちわびた熱でいっぱいになったナカが幸せでわななく。ルーティシアの視界も白く弾け、ヴァレリーの昂ぶった熱をすべて受け入れた。ヴァレリーは、快感の余韻で小刻みに身体を震わせるルーティシアを抱きしめ、頭を何度も撫でてくれる。

「大丈夫か……？」

問いかける優しい声に小さく頷き、ルーティシアは抱きしめる腕に力を込めた。

「幸せです」

「……俺は、大丈夫なのかを訊いたんだが……、まあ、痛いよりいいか」

頭をぽんぽんと叩《たた》いたヴァレリーが、ほんの少し顔を上げる。見たいと思っていた愛しい人の顔が見られた嬉しさで、だらしなく口元が緩んだ。

「ヴァレリーさま……」

幸せのまま彼の名を呼ぶルーティシアに、一瞬目を瞠ったヴァレリーだったが、すぐに優しい笑みを返してくれる。

「ん？」

その甘い声に、心臓が大きく跳ねた。

胸がぎゅっとなった拍子に、ナカにいる彼の熱がぴくりと動く。

「ん。……なんか、熱い……です」

「媚薬が効き始めているだろうし、俺もいるからな」

ぐっと腰を入れられ、熱が最奥に当たる。それが彼の一部なのだと理解するだけで、嬉しくてたまらなくなった。

「ん、こら、締めるな……ッ」

ヴァレリーの身体がかすかに揺れ、その拍子にルーティシアのむずむずしたところがこすれる。そのたった一瞬の快楽を知ったら最後、腰が勝手に浮いた。熱くてむずむずして、彼の熱がこすれるだけで、もっともっと欲しくなる。

「……まったく、なんていやらしく動くんだ」

苦笑するヴァレリーの表情は、どこか余裕がなさそうだ。

「おまえのココは、かなり具合がいいから、そう誘われると我慢が利かなくなる」

唇を舐めたヴァレリーが、ルーティシアの手を掴んでベッドへ押し付けると腰を打ち付けてきた。

「あ、あぁッ」

自分で求めたとき以上に、強い快感を彼に教え込まれる。

そり返った彼の熱が、ルーティシアのナカを自分のカタチに我が物顔で変えていく。組み敷かれて征服され、ヴァレリーにナカを好きにされている感覚に包まれ、ルーティシアは、はしたない声を上げた。

「あ、ぁあッ、あ、あ……ヴァレリーさま、……ヴァレリーさまぁッ」

「……ん？」

「ん、やぁ、あ、んッ」

「さっきよりもぐずぐずにさせて、どうした？」

動きを止めたヴァレリーに耳元で囁かれ、ルーティシアは喜びに身体を震わせた。

「ヴァレリー……さま、に」

「ああ」

「縛られてるみたい……で、嬉しくて……ッ」

自分のすべてを捧《ささ》げられるのが、嬉しくてたまらなかった。

すると、大きく息を吐いたヴァレリーが、顔を上げてルーティシアの視界に現れる。

「……………おまえは、どれだけ俺のことが好きなんだ」

言うなりヴァレリーはルーティシアにくちづけをして、奥を穿《うが》ってきた。

何度も、何度も腰を押し付け、うねるルーティシアのナカに己のカタチを教え込ませるように抽挿を繰り返す。下から突き上げられるように揺さぶられるルーティシアは、すでに何も考えられない。ヴァレリーの声が降ってくる中、背後からやってくる快感と、ナカをこする彼の熱に促されるようにして、丁寧に高みへと導かれる。

「……ッあー……だめだ、気持ちいい……ッ」

「あ、あぁッ、や、ヴァレリーさま、何か、……何か、きちゃ、う……ッ」

「ああ、いいよ。ルーティシア。また、気持ちよくなるだけだ……ッ」

つながっているところから、ぐちゅぐちゅ、という淫猥《いんわい》な水音が寝室に響く。だがルーティシアは、ヴァレリーのいやらしい切羽詰まった声しか拾っておらず、彼が自分の上で余裕のない表情と声を出すたびに、胸を高鳴らせた。

「あぁッ、ヴァレリーさま……、だめ、もう……ッ」

「ああ。いつでもいい。わからなければ、教えてやる」

ルーティシアが助けを求めるように言うと、ヴァレリーはルーティシアの手首を解放してつんと上へ向いた胸の突起を両方つまんだ。

「あ、ぁッ、あ、やぁあああッ」

快楽を与えられた直後、甘いしびれが全身に走った。すぐに目の前が白く弾け、ルーティシアの腰が高く跳ね上がる。ナカにいる彼をぎゅっと、これでもかというぐらいに締め付け、小刻みに身体を震わせた。

「あ……、あッ、あッ」

受け入れた快感はいまだ肌の奥でくすぶっているようで、ルーティシアのナカはまだ熱い。ぐったりとベッドで震えているルーティシアを抱きしめ、ヴァレリーは彼女の上半身を起こして器用に体勢を変えた。

「……ヴァレリーさま……？」

快楽に溺れた思考では何も考えることができず、ルーティシアの舌っ足らずな声が彼を呼ぶ。

意識がはっきりしたときには、つながった状態で彼の胸に身体を預けていた。

まだうまく力が入らない腕を伸ばして離れると、目の前にクッションを背にしたヴァレリーがいる。

「……少し楽になったか？」

「たぶん。……まだ、むずむずしますけど」

「悪い。初めてだから優しくしてやりたかったんだが……、ここをほぐすのに媚薬を使う方法しか思いつかなかった」

彼の手が、ルーティシアの頬を甘やかすように撫でた。

その手があまりにも優しくて、ルーティシアは泣きそうになる。首を横に振って何度も「謝らないで」と伝えるのだが、苦笑したヴァレリーに唇を塞がれる。ちゅ、という音を立てて離れていく唇にもう少し触れていたくて、今度は自分からそれを求めた。

「ん。……ルーティシア？　ぁ、ん……ッ」

彼の頬を手で覆い、くちづけを繰り返す。ヴァレリーに教えてもらったようにくちづけているると、彼の手が無防備な胸へ伸びた。

「んんッ」

胸の先端を弾《はじ》くように揺さぶられ、身体が揺れた拍子に唇が離れてしまう。あまりの気持ちよさにうっとりしていると、ヴァレリーが楽しげに笑った。

「もうやめてしまうのか?」

誘うような声に抗《あらが》えるわけもなく、ルーティシアは再びヴァレリーの唇に吸い付く。かすかに開いた口の中に、大胆にも自分の舌を差し込んだ。その愛撫に応えるように、ヴァレリーの指先がルーティシアの胸の先端をつまみ、指の間でくりくりと転がしてきた。

「んぅ、ん、ふ、んんッ」

びくびくと何度も身体を跳ねさせ、胸の先端から与えられる甘美な快感に、ルーティシアの思考が侵されていく。気持ちいい。もっと、もっとして。そう思うと、自然と腰が動いた。前後に腰を動かすたび、ナカにいる彼の熱で花芽がこすれる。

「ん、んふ、ん、……っはぁ、ヴァレリーさま、……それ、だめ……」

「だめって思ったときは、気持ちいいって言うといい」

「……気持ちいい?」

「ああ。……これが、気持ちいいんだろう?」

誘うようないやらしい声が、ルーティシアの尖った乳首をきゅっとつまむ。痺れるような快感が全身に走り、これが気持ちいいのだと教えられた。

「あ、あ、気持ちいい、……気持ち、いいです……ッ」

「いい子だ」

とろけた思考では、もはや何も考えられない。

ただただヴァレリーに「気持ちいい」を教え込まれ、それを身体は律儀にも覚えていく。

「ん、あ、あッ、それ……ッ、もっと……、もっとして……ッ」

指先で乳首を何度も揺らされてしまい、腰から力が抜けそうになった。もうだめだ。あまりの気持ちよさに、だめになってしまう。ルーティシアがたまらずヴァレリーにくちづけると、乳首をいじっていた彼の手が離れ、腰に添えられる。

「ん、んッ、んぅ、んんッ」

唇を触れ合わせたまま、ヴァレリーはルーティシアの身体を持ち上げ、下から彼女の小さな身体を穿った。何度となく最奥をとんとんと叩いては、無垢なそこに己を刻みつける。

「……ッ、あ、あぁッ……あッ。奥……、奥、気持ち、いい……ッ」

「もう少し……、くッ、強くして……いいか……ッ。もっと奥がいい」

欲望に満ちた瞳で懇願されたら、彼の言うとおりにしたくなる。すべてを捧げたい気持ちで頷くルーティシアに、ヴァレリーが噛み付くように唇を塞いだ。彼の身体が少し下がり、ルーティシアの身体が前傾姿勢になったところで――腰を突き上げられた。

「ひゃぅッ」

打ち付けるように何度も腰を穿たれ、ルーティシアの最奥をヴァレリーが叩く。

「あ、あ、あぁッ」

胸が揺れるほど身体を揺さぶられ、快感が一瞬にしてルーティシアを襲う。深い。奥までくる。熱い。臀部《でんぶ》を掴むヴァレリーの手に力がこもると、彼の呼吸も荒々しくなった。

「っは、……は、……ん、っく……、ルーティシア、ルーティシア……ッ」

「やぁんッ、も、だめ……、気持ちいいの、止まらな……ッひゃあ！　激し……ッ」

「ルーティシア」

「あぁ、ヴァレリーさま、ヴァレリーさま、好き……ッ」

「くッ」

「好きです、……好き」

涙を溢れさせながらルーティシアがヴァレリーを見ると、彼はわかっていると言いたげに腕を伸ばしてくる。ルーティシアの首の後ろに手を回して引き寄せ、唇を塞いできた。

「んぅ、んんッ、んんぅ、んー、んーッ」

最奥に思いきりヴァレリーの熱が押し付けられる。それがルーティシアの求めていたところを刺激し、身体が大きく跳ねた。すると唇が離され、ヴァレリーに顔を覗き込まれる。

「かわいい、ルーティシア」

ヴァレリーの甘い声がルーティシアの心を一瞬でいっぱいにさせ、それは快楽をも連れてきた。彼に見上げられたまま、ルーティシアは快楽を受け入れ、白い世界を見る。

「や、ぁあ、ああ――ッ」

言葉にならない声をあげ、眦から涙を溢れさせ、幸せに満ちたルーティシアが啼《な》く。

その瞬間、つながっているところから、どくんという音が伝わり、ナカで熱が弾けた。

「っく……ッ、あッ、……まだ、出る……ッ」

どくんどくんと脈打つ熱はルーティシアのナカをすぐにいっぱいにさせ、それでもまだ止まらない。くったりとヴァレリーに身体を預けたルーティシアは、ナカから熱が溢れ出る感覚を理解しながらも、身体を動かすことができなかった。それよりも何よりも、ヴァレリーがルーティシアをきつく抱きしめて離さないのだから、どうすることもできない。

二度、三度、と突き上げられ、彼の熱がすべて吐き出されたあと、ルーティシアはヴァレリーの首筋に顔を擦り寄せた。

離れたくない気持ちが、腕に力を入れさせる。それに応えるようにして、ヴァレリーの大きな手が頭を撫でてくれた。いつまでもずっとこうしていたい。だが、その気持ちを断ち切るように軽く身体を起こす。すると、いつの間に復活していたのか、硬度を増した彼の熱をナカで感じて動きを止めた。

「この程度で終わると思ったのか？」

まだ幸せは続いているのだろうか。

呆けるルーティシアに、ヴァレリーはこれが現実だと伝えるようにくちづける。

角度を変えて何度となく唇を交わし、そこが溶けあうような感覚になるころには、互いの熱を求め合っていた。

第三章　縁談

いつも穏やかに微笑んでいる母が、たった一度だけ知らない表情になったことがある。

それは王妃でも、母でもない、初めて見る女性の顔だった。

『ルーティシア。恋をするなら結婚してからにしなさい』

どうしてそんなことを言われたのかわからないが、きっかけはわかる。ルーティシアが何かの拍子に見つけた古い手紙を、母の元へ持っていった。当時子どもだったルーティシアは、言われた意味がわからなくて母に「どうして」と訊いた。すると、母は一瞬悲しげな表情を浮かべ、突然ルーティシアを抱きしめてきた。

『誰かを好きになっても、その方の元へ嫁げるかどうかわからないのが王族よ。だから、できれば結婚するまで恋をしないで。でももし誰かを好きになってしまったら……、その想いはそっと胸に秘めておくのよ』

そう言って離れた母は、もうすっかりいつもの母に戻っていた。

それ以来、ルーティシアはその古い手紙を見ていない。

今でこそ父と母は仲睦《むつ》まじくしているが、あの当時はあまり一緒にいなかったことを思い出す。両親の間に何があったのかは知らないが、あの古い手紙には誰かの想いが綴《つづ》られていたのかもしれない。それは、ヴァレリーへの想いが「恋」だと自覚する前の、母とルーティシアだけの秘密の時間だった。

まるで現実に引き戻されるような懐かしい夢から覚めた瞬間、見慣れた天蓋《てんがい》が現れる。

(ああ、終わってしまったのね)

幸せな、夢のような一夜が。

「……」

ここは、ルーティシアの寝室だ。

朝方まで肌を合わせていたはずの彼は、探すまでもなくいない。優しいヴァレリーのことだ、きっとルーティシアが咎められないよう、自室まで運んでくれたのだろう。

(ヴァレリーさまは、ちゃんとお眠りになったのかしら……)

そんなことを考えて、上半身を起こす。

「……ッ」

腹部に感じる鈍い痛みに顔をしかめたルーティシアは、夢の証《あかし》をそこに感じて嬉しくなった。

だがそれも一瞬で、秘所から溢れ出てくる感覚に動揺する。夜着が汚れていく中、ルーティシアは立ち上がることも、横になることもできないでいた。

そこへ、慌ただしい足音とともにドアが開かれる。この時間、一国の王女であるルーティシアの寝室へ遠慮なく入れるのは、侍女のリジィだけだった。

「ルーティシアさま‼　大変でございます‼」

どんなときでも慎みと礼儀を忘れないリジィにしては珍しく、ノックもなしに入ってきた。だが、今はそんなことどうでもいい。慌てているリジィには申し訳ないが、息を弾ませる彼女に涙目で助けを求めると、彼女は目を瞬かせた。

「……どうかなさいまし——ああ、そうでした。すみません、私としたことが」

言いながら、ルーティシアの身に起きていることを察したのだろう。

「気を遣えず申し訳ございません」

リジィは短いハニーブロンドを揺らしてベッドへ近づき、手早くリンネルでルーティシアの腰を巻くように包んだ。そして、呆けるルーティシアににっこりと微笑む。

「おめでとうございます、ルーティシアさま。計画は大成功だったのですね」

「ええ、でも……」

「心配しなくても大丈夫ですよ。初めてのときは、こうなるのです」

ルーティシアの計画に協力し、夜伽《よとぎ》のことを教えてくれたのは他でもないリジィだった。そのリジィが「大丈夫」だと言うのだから安心だ。ほっとするルーティシアに、リジィは優しく続ける。

「少し、お待ちください」

そう言ってそばを離れると、一度寝室から出たリジィはすぐに戻ってきた。

「今、急いで湯を持ってくるよう伝えました。気持ち悪いかもしれませんが、しばらくはこのままでお待ちください」

「……ありがとう、リジィ」

姉のように慕っているリジィの笑顔を見ていると、それだけで安心する。それからリジィは黙ってルーティシアのそばにいてくれた。何もせず、ルーティシアの身体を抱き、あたためるように隣にいるリジィのぬくもりに勇気づけられる。

ほどなくして数人の侍女とともに湯が届いた。ベッドから移動したルーティシアは、衝立《ついたて》の裏でリジィに身体を拭いてもらい、用意されたドレスに着替える。それが終わったころには、ベッドは綺麗《きれい》に整えられていた。

「さ、では参りましょうか」

身支度を終えたばかりのルーティシアの手を取り、リジィは言う。きょとんとしたルーティシアに、彼女は用件を伝えた。

「陛下がお呼びです」

それを聞き、自然と背筋が伸びる。何か嫌な予感がして視線を下げるルーティシアだったが、掴まれた手を握り込まれて顔を上げた。リジィの顔を見て深呼吸をすると、ルーティシアは大丈夫だと伝えるように微笑む。

寝室を出たルーティシアは、リジィを伴い父であるゴードウィン国王のいる執務室へ向かった。重厚なドアの前で深呼吸をひとつし、ルーティシアは名前を告げる。

ゆっくりと開いていくドアの先では、執務机に座る父のほかに母の姿もあった。嫌な予感が的中したのを察しつつ、ルーティシアは部屋の中に足を踏み入れる。

「お呼びでしょうか」

一直線に執務机の前までやってきたルーティシアが立ち止まると、父のアルフォンス・ルイ・ゴードウィンは羊皮紙から顔を上げた。愛娘《まなむすめ》の姿を認め、表情を緩ませる。寄り添うようにしてそばにいる母のエメもまた、やわらかな笑みを向けてくれた。

「おはよう、ルーティシア」

「おはようございます、両陛下」

「今は〝お父さま〟でいいよ」

礼をとって挨拶をしたルーティシアに、父は苦笑する。

「あまりそう自分を律しすぎるな。王族の自覚を重んじるのは素晴らしいが、王族である前におまえは私のかわいい娘だ。少しぐらいは甘えてもいいんだよ」

優しい父の声に、ルーティシアの身体からよけいな力が抜けた。

「……はい、お父さま」

ようやく微笑んだルーティシアに、父もまた破顔する。それから両腕を上げて背筋を伸ばした父は、ひとつ息を吐いてルーティシアを見た。

「では、本題に入ろうか」

表情が変わらない父に、ルーティシアの心臓が跳ねる。なるべく考えないようにしていたが、両親が揃《そろ》っているのだ。確実に何かある。かすかな緊張をまとうルーティシアに、父はさらりと言った。

「――おめでとう」

脈絡のない祝いの言葉に目を瞠る。意味はわかるが、意図がわからなかった。戸惑いから目を瞬かせるルーティシアに、父はにこやかに祝いの理由を告げた。

「おまえの縁談が決まったよ」

その言葉を聞き、ルーティシアの背筋が自然と伸びる。どうやら、いつかくると思っていたそのときがきたようだ。とうの昔に固めていた覚悟と肌と心に残る昨夜の幸せを胸に、ルーティシアは動揺することなくそれを受け入れた。

「わかりました」

縁談をすんなりと承諾したルーティシアに、にこにこと笑っていた父が首を傾《かし》げる。

「………それだけか?」

「はい」

他に何があるのだろうか。

疑問に思うルーティシアをよそに、首を戻した父が心を覗き込むような視線を向ける。

「では聞くが、その胸に想う男のことはいいのか」

真剣な表情で問われた一言に、言葉を失った。

頭の中が白く染まっていく。すぐに返事をしないとごまかせない、ここで動揺したら終わりだとわかっていても無理だった。父はきっと、ルーティシアの気持ちだけでなく、その相手も知っている。

そばにいる母もそうなのだろう。さして驚いた様子もなく、そこにいた。

冷静にルーティシアの様子を見極めている両親を見ていたら、ごまかしも、嘘偽りも無駄だと悟る。ルーティシアは小さく息を吐き、真剣な表情で父を見た。

「問題ありません。陛下のみ心のままに、王女として己の使命をまっとういたします」

ルーティシアの覚悟を示す凛《りん》とした声が、執務室に響く。

無言で試すような視線を向ける父は、ひとつ息を吐き、苦笑を浮かべた。

「本当に、それでいいのか？」

その優しい声に、ルーティシアの胸が詰まる。

「今が甘えどきというものだぞ、ルーティシア」

言外に、まだ間に合うと言われた気がして涙が浮かんだ。だが、縁談が決まった今となってはもう遅い。ルーティシアはぎゅっと握りこぶしを作り、背筋を伸ばした。

「ありがとうございます。でも私、恋をするなら結婚してからと決めております」

　秘めた恋に気づかれていたとしても、口に出さなければその恋はあってないようなものだ。ルーティシアはすべてを呑《の》み込み、母との約束どおり何も言わなかった。

「まったく、こうと決めたら動かないのは母譲りか……」

「陛下」

　そばにいる母がたしなめる。父は何かを思い出したように楽しげに小さく笑い、息を吐く。それから真剣な瞳を向けてきた。

「おまえ、昨夜ヴァレリーの部屋に忍び込んだだろう」

　その発言で、ルーティシアの思考は一瞬で真っ白になった。

「私が、何も知らないとでも思っているのか?」

　しっかりはっきりと届いた父の声に、心臓が止まりかける。かと思うと、心臓の鼓動がますます速くなった。耳鳴りもひどい。まさかここで昨夜のことを言及されるとは思いもよらなかった。だが――、自分がすべきことはわかっている。

「すべて、私が悪いのです」

　震える手を握りしめ、背筋を伸ばした。

「私はどんな罰でも受けます。だから、ヴァレリーさまのことを責めないでください。私が、そうすることでしかヴァレリーさまのことを諦められなかっただけで、ヴァレリーさまに非はありません！」

「私の大事な娘に手を出したのにか？」

「私が、先に手を出したのです！　嫌がるヴァレリーさまに媚薬を飲ませて、強引に居座りました。罰せられるのも、責められるべきなのも私です。すべて、すべて私です！」

あまりにも必死で、ルーティシア自身も何を言ったのか覚えていない。が、息を切らし、肩で呼吸をするほど大きな声を出したのは間違いなかった。呼吸を整えるルーティシアをじっと見ていた父が、ふいに視線を逸らす。

「聞いていた話と違うが？」

誰かに聞かせるような父の口ぶりに、ルーティシアは嫌な予感に突き動かされるようにして振り返った。いつもはない衝立の裏から現れたのは——

「ヴァレリー」

父が名を呼んだ、その人だった。

正装に身を包んだヴァレリーの姿に息を呑む。

胸がきゅうと締め付けられるような感覚になり、息苦しくなった。思わず胸を両手で押さえるルーティシアだったが、ときめいている場合ではないとすぐに自分を取り戻す。

「い、いつからそこに⁉」

「最初からだ」

ルーティシアの問いは父があっさり答えた。ますます状況が呑み込めない。戸惑いをあらわにするルーティシアの隣に立ち、彼は執務机にいる父へ向き直った。ただならぬ空気を感じたルーティシアは、胸を押さえていた手を下ろし、ふたりの様子を見守る。

「娘は、自分が悪いと言っている」

「聞きました。ですが、悪いのは私です」

それには、ルーティシアも黙っていられなかった。

「違いますお父さま、悪いのは私です！」

「いいえ、ルーティシアを抱いた私が明らかに悪いです」

「だ、だい……ッ!?」

抱いたとはっきり言葉にされ、顔に熱がこもる。言いたいことが喉の奥に引っ込んだ。

「はい、ふたりともそこまで」

頃合いを見計らっていたのか、父の穏やかな声が止めに入る。

「どちらにせよ、一晩一緒に過ごしたのは間違いないんだね」

それにはヴァレリーが「はい」と答え、ルーティシアは頷いて応えた。それでも、不安は拭えない。むしろ、ますます大きくなった。もし、このことでヴァレリーの立場が危うくなったらどうしたらいいのだろう。そう思うと気が気ではなかった。

不安に駆られて父を見ると、父はルーティシアに微笑んだ。

「安心しなさい。ヴァレリーには何もしない」

それを聞き、一瞬にして安堵《あんど》に包まれる。

「ああ、よかった……。お父さま、ありがとうございます」

「それから、おまえに罰もない」

それはおかしい。

ルーティシアは縁談が決まる前に、自分の身勝手な気持ちで愛する男に純潔を捧げてしまった。それは王女としてあるまじき行為であり、いけないことだ。もしこのことが先方にバレたら破談になる可能性だってある。このままお咎めなしとは思えなかった。

「でもさっき、私の縁談が決まったって……！」

「その縁談相手が、いいと言っている」

一瞬、何を言われたのかわからなくて、思考が止まりかける。

「なにせその男は朝一で私を起こし、状況を説明したうえでおまえを嫁にもらいたいと申し出た」

理解が追いつかない。

そもそもこの国で、国王である父の寝室に許可なく入れる人間は、家族以外いただろうか。

首を捻《ひね》るルーティシアに、父は穏やかに告げる。

「そこにいるヴァレリーが、おまえを嫁にすると言ったんだ」

その一言を聞き、ルーティシアの時間が止まった。

（……ヴァレリーさまが、私を嫁に……？）

父に言われた言葉を心の中で反復してもなお、理解はやってこない。ただ言葉をなぞっているだけで、夢の中にいるような気分とでもいうのだろうか。

頭が、ぼんやりする。

何も考えられず、ただ呆けるルーティシアだったが、ふいに手を握られたのがわかりゆっくりと横に向き直った。そこには、もう二度と笑いかけてもらえないと思っていたヴァレリーの微笑みがあり、ルーティシアの胸を高鳴らせる。

彼はルーティシアの手にもう片方の手を添え、静かに片膝をついた。いつも見上げている彼を見下ろした直後、ヴァレリーはルーティシアの指先を己の額《ひたい》に押し付ける。

祈るように、懇願するように。

そしてそれを離して顔を上げた。

「ルーティシア・エル・ゴードウィン殿下。レイノルド国王、ヴァレリー・レインは、あなたに結婚を申し込みます」

その瞬間、一瞬で全身が甘く満たされていくのがわかった。

父の言葉だけでは足りなかった理解が、ようやく追いつく。それでもまだ信じられないでい

ると、ヴァレリーはルーティシアの手を返し、その中央にそっとくちづけた。

夢じゃない、と伝えるように。

「どうかずっと、私のそばに」

手のひらにあるやわらかな唇の感触にも追い打ちをかけられ、言葉を失う。そんなルーティシアをちらりと見上げ、ヴァレリーは困ったように笑った。

「返事は？」

その、甘やかすような声に促されるまま、ルーティシアは頷く。

「求婚を受け入れてくれるということで、いいのかな」

確認してくるヴァレリーに、ルーティシアははっとして父と母へ視線を向ける。すると、父はもとより、母がとても嬉しそうに笑ってくれた。それでいいのよ、と。

もうそれだけで胸がいっぱいになった。

両親へ精一杯の笑顔を向け、ヴァレリーに向き直ったルーティシアは力強く頷く。今ここで口を開けば泣いてしまうのがわかっていたからだ。

「ありがとう」

やわらかく微笑んだヴァレリーが、彼女の手を離して立ち上がる。そこから先は、正直あまり覚えていない。父とヴァレリーが話をしていたが、気もそぞろで内容など頭に入ってこなかった。それよりも、今はただ部屋に戻りたい。もういっぱいいっぱいだ。

「――ルーティシア？」

どうした、と父に声をかけられ、部屋を出るのは今だと思った。

「お話は以上ですか？」

「え？　あ、ああ」

「では私、下がらせていただきます」

「え、おい、ルーティシア」

父の声に応えることなく、ルーティシアは背を向けて執務室から出て行く。廊下前で待っていたリジィに見向きもせず、誰の声も耳に入ってこない。ただ聞こえるのは心臓の鼓動だけで、彼に触れられた指先の熱と手のひらに押し付けられた唇の感触が「夢じゃない」と伝えてきた。

彼のぬくもりが残る手を胸に抱き、寝室まで戻ってきたルーティシアは、ベッドにたどり着く前に座り込んでしまった。

「ルーティシアさま⁉」

背後から走り寄ってきたリジィの声が、ようやく耳に届く。座り込んだルーティシアの傍らに膝をつき、心配そうに顔を覗き込んでくるリジィが一瞬で歪んだ。

「リジィ……」

目から、大粒の涙がぼろぼろこぼれ落ちる。

「私、どうしたらいい……？」

「ルーティシアさま……？」

「わた、私、ヴァレリーさまに求婚されたの。嬉しくてどうしたらいいかわからない。どうしよう。ヴァレリーさま、夢じゃないって……て、手にくちづけまで……！」

「……」

「こ、こんな日がくるだなんて想像もしていなかったから……。ねえリジィ、私これからどんな顔してヴァレリーさまと会ったらいい？」

涙をこぼしながら戸惑いを吐露するルーティシアを、リジィはそっと抱きしめてくれた。大丈夫だと言って、安心させるように背中を優しく叩いてくれる。彼女はルーティシアの侍女でありながら、ときに姉のように、ときに友人のように、ルーティシアの心に寄り添った。それがとても心地よくて、ルーティシアはいつも甘えてしまう。

「……ごめんなさい、リジィ」

ひく、と肩を震わせながら、少し落ち着いたルーティシアが申し訳なさそうに離れる。するとリジィは、涙で濡れたルーティシアの顔を手で拭ってくれた。

「ルーティシアさまが謝ることはひとつもありませんよ」

それからルーティシアを立たせて、近くのソファに座らせる。ひくひくと肩を震わせるルーティシアのそばからそっと離れたリジィは、誰かに用意させただろうワゴンに向かい、次に戻ってきたときには、濡れた布を持っていた。

「こちらで顔をお拭きください」

手渡されたあたたかな布を顔に押し当て、ほっと息をつく。

涙で突っ張った肌がみるみる戻っていくのを感じていると、ほどなくして布は冷たくなった。

ルーティシアが布を顔から離して一息つく。目の前の小さな丸テーブルの上に紅茶の入ったティーカップが用意されていた。

「落ち着きますよ」

リジィがルーティシアの手からすっかり冷えた布を受け取り、勧められたままソーサーを手にする。膝の上に置き、もう片方の手でティーカップを持ったルーティシアは、ゆっくりと紅茶を飲んだ。ほどよい温度に、リジィの優しさがうかがえ、胸が熱くなる。

「ありがとう、リジィ」

ようやく、笑うことができた。

取り乱した先程の自分を恥ずかしいと思う程度には落ち着いてきたのだが、実際問題これからどうしたらいいのだろう。うっかり執務室から逃げ帰ってしまったが、今後のことでまだ話があったはずだ。あまりのことに驚いたからといって、あの態度はなかった。

紅茶が揺れるのを見て、ため息をついていたことに気づく。

その直後、部屋にノックの音が響いた。

すぐにリジィが離れてドアのほうへ駆ける。次いで聞こえてきたのは——

「ルーティシア?」

一瞬でルーティシアの心を掴む、ヴァレリーの声だった。

「は、はい!」

条件反射で返事をするルーティシアだったが、さっきまで泣いていた顔を見られでもしたら誤解されると思い、咄嗟に叫ぶ。

「お話でしたら、そこで!」

昨夜夜這いをし、先程求婚してくれた彼になんて態度だ。咄嗟とはいえあまりにも失礼だった。申し訳ない気持ちでいっぱいになりながらも、深呼吸をして気分を落ち着かせる。

「……すみません。今、ちょっと、その」

「ああ、構わないよ。突然押しかけて申し訳ない」

ヴァレリーが謝ることなどひとつもない。むしろどんどん押しかけてきてほしい。

心でそう思っていても、言葉には出なかった。

「もう少ししたら出発する。俺は俺ですることがあるから、またあとでな」

それだけを伝え、ヴァレリーは去っていった。歩いていく彼の足音が遠くになるのを聞き、心がきゅうと切なさを訴える。こんな気持ちになるぐらいなら、顔を見せてしまえばよかった。

そうもうひとりの自分が言うが、こんな顔も見られたくなかった。

今までとは違うままならなさと自分の身勝手な気持ちで、どっと疲労がのしかかる。

「……はぁあああ」

盛大なため息をつくルーティシアのそばに、リジィが近づく。

「追いかけるほうが楽だったって、今さらわかったわ……」

「追いかけていたのは、いつもルーティシアさまでしたものね」

「ええ」

苦笑を浮かべるルーティシアのそばに膝をつき、リジィが真剣な表情で言う。

「でも、今は違います」

それから彼女は嬉しそうに顔をほころばせた。

「お祝いが遅くなってしまい申し訳ありませんが、ご結婚おめでとうございます」

うっすらと彼女の瞳に涙が滲《にじ》んでいくのがわかる。それほど、リジィもこの結婚を喜んでくれているのだと思うと、また涙が浮かんだ。今度は実感の涙で、幸せの涙だった。

「ルーティシアさま、せっかく止まった涙がまた……」

リジィは困ったように笑い、ルーティシアの目元の涙を指先で拭ってくれた。その指先があたたかくて、さらに泣けてしまうのだからどうしようもない。

「ありがとう……。リジィのおかげよ」

「いいえ。私はただお手伝いをしただけです。がんばったのは、間違いなくルーティシアさまですよ」

「……リジィ……」

「ああほら、また」

新たに溢れる涙を、リジィはまた指先で拭ってくれた。

「早く涙を止めないと、時間に遅れてしまいます」

苦笑するリジィに、ルーティシアはかすかに首を傾げる。

今日の予定は、ヴァレリーをこっそり見送るぐらいしかなかったはずだ。ふと先程のヴァレリーの言葉を思い出す。彼は「またあとでな」と言った。そこで初めて、自分の知らぬ間に何かが動いているのを察すると、リジィが答えを教えてくれた。

「ルーティシアさまは、このあとヴァレリーさまとこの国を出立する予定です」

その瞬間、ルーティシアの涙は一瞬で止まった。

●・○・●・○・●

どうしたら、こんなことになるのだろう。まだ足元がふわふわ浮いているような感覚がして、夢と現実の狭間《はざま》を行ったり来たりしている。

馬車に揺られるルーティシアは固まったように俯《うつむ》き、手元をずっと見ていた。だって隣にヴァレリーが座っている。ここで顔を上げようものならずっとヴァレリーを見ている自信があった。だがあまりにも見すぎるのは失礼だと思い直し、自重している。

あと、なぜかヴァレリーに顔を見られたくない。

顔は見たいのに、自分の顔を見られるのは嫌だなどと、なんとも自分勝手で困る。

恥ずかしい気持ちをこらえながらも、ルーティシアは自分を育《はぐく》んでくれた国を出てからずっとこうだった。ヴァレリーが気を遣って話しかけてくれたりするのだが、いつもの自分を取り戻せないでいた。おかげで、父との別れの挨拶をした記憶もあやふやだった。

唯一覚えているのは、母がルーティシアを抱きしめてくれたことだ。

『あなたの大事な恋を秘めろと言って、ごめんなさい。言えなくて苦しかったでしょう？　あなたの幸せを思ってのことだったのに、逆に苦しめてしまった。もう私の言葉は忘れて、これからは好きな人と幸せになるのよ、ルーティシア』

最後に「また、顔を見せてちょうだい」と続けた母に、ルーティシアは満面の笑みで応えたのだった。だから余計に、父には申し訳ないことをした。

（お父さま、ぼんやりしていてごめんなさい……）

彼の国に着いたら、父に手紙を書こうと心に決めたところで、ふと疑問が浮かぶ。

「……あの」

「ん？」

「ヴァレリーさまはあのとき、どうしてご自分が悪いなどと嘘をついたのですか？」

顔を上げられず、今朝の執務室でのやりとりを問いかけると、横から大きな手が現れた。それはルーティシアの手に重ねられ、優しく包み込んでくれる。

「嘘はついていない」

落ち着いた声で言うヴァレリーに、ルーティシアはたまらず顔を上げた。彼の琥珀色の瞳が、かすかに揺れる。

「昨夜、ルーティシアを抱いたのは俺だ。それをなかったことにはできない」

「……」

「言っただろ『責任はとる』と」

喉の奥が、ぎゅっとなった。

心臓が痛いくらいに締め付けられ、そこで初めて自分がとんでもないことをやらかしてしまったのかもしれないと血の気が引く。昨夜、彼に言われた「責任はとる」の意味が、ここにきてようやくわかった。

（……私が、夜這いなんてしたからだ……）

ルーティシアもヴァレリーも、王族として自分が果たすべき責任を嫌でも理解している。そこに感情があろうとなかろうと、下された決定を個人で覆《くつがえ》すことはできない。だから昨夜、ルーティシアは彼への想いを断ち切るために無理を言って抱いてもらったのだ。

だが、ヴァレリーは違う。

心優しい彼のことだ、ルーティシアの純潔を奪ってしまったがために、その責任は自分にあると考えたのだろう。媚薬のせいで理性を失っていたとしても、純潔を奪ったのは自分で、それが原因でルーティシアの縁談が破談になるとわかって責任をとった。

彼は、そういう男だ。それを、ルーティシアは失念していた。

せっかくヴァレリーに迷惑をかけないよう、自分の想いを遂げる最後の夜を画策したというのに、逆にあの夜の責任を追わせてしまった。

明かされた突然の求婚劇の理由とともに、この結婚に愛はないのだと理解する。

わかっていた。むしろ、そのほうがいつものことだと納得さえする。

ヴァレリーの心はルーティシアにはなく、そこにあるのは責任だけ。

この婚姻は、ヴァレリーの責任とルーティシアの過失によって結ばれたものだった。

(それなら、私は……)

夢から醒《さ》めるような感覚で、ルーティシアは口を開く。

「私も、自分の使命をまっとうします」

恋をしている場合ではないと己を奮《ふる》い立たせ、ルーティシアは恋しい人に微笑んだ。

日が落ちかけたころ、馬車は途中滞在が決まっている王家所有の別邸に到着する。

ここは昔、レイノルド家が所有していたものだったが、亡き後はレイン家が引き継ぎ、旅の中継地として利用されている。馬車の中で、ヴァレリーがそう説明してくれた。

出迎えてくれたのは、口元にほくろのある美しい女性だった。

翠緑色の瞳とやわらかなハニーブロンドを後ろでまとめ上げ、妖艶な大人の雰囲気をまとった彼女の胸は大きい。不躾《ぶしつけ》と知りながら、ルーティシアも思わず視線をそこに向けてしまったぐらいだ。

『レイラ』

そして、彼女を呼ぶヴァレリーの声は、親しみが込められていた。

明言はしなかったが、彼女とヴァレリーは旧知の仲なのだろう。それをふたりの間に流れる空気と彼女を呼ぶ声で察してしまった。

それからルーティシアは湯浴《ゆあ》みをすることになったのだが、ため息が止まらない。

用意された寝室がヴァレリーと別であることも気鬱を誘った。

「……はぁ」

たっぷりの湯に浸《つ》かりながら、ルーティシアは自分の胸を持ち上げる。自分の手にはちょうどいいが、ヴァレリーの手には物足りない大きさだ。レイラの胸を見てしまってからは、自分の胸に絶望を覚える。

「ルーティシアさま、どうかなさいました？」

衝立の裏で待機しているリジィの声に、落ち込みかけた心がほんの少し上がった。そうだ、私はひとりじゃない。そう思えるだけで、ルーティシアは前を向いていられる。

「大丈夫、少しぼーっとしていただけ。声をかけてくれてありがとう、リジィ」

落ちていた視線を上げ、ルーティシアは両腕を前に伸ばした。

「ご気分が悪くなる前に、そろそろ上がられますか?」

「そうね。そうしようかしら」

浴槽から立ち上がると、リジィが衝立の裏から出てルーティシアに夜着を着せてくれる。やわらかな布地で作られた着心地のいいナイトドレスに、厚手のショールを肩からかけてくれた。身支度を終えて浴室から廊下へ出たところで、声をかけられる。

「やあ、ルーティシア」

壁に寄りかからせていた背中を離し、ルーティシアとリジィを待っていただろう男性がにこやかに手を上げた。その見知った姿を見て、ルーティシアも彼を呼ぶ。

「フィリップさま」

彼はヴァレリーの従弟で、レイノルド王国騎士団の副団長をしている。いつからかルーティシアの恋を応援してくれるだけでなく、協力までしてくれた人物だ。

ヴァレリーはフィリップのことを若い頃の自分に似ていると言っていたが、ルーティシアはそうは思わなかった。声の低さは似ているものの、雰囲気はまるで違う。女性にだらしないという噂《うわさ》があるぐらい、彼は女性を惹《ひ》きつける色気を持っていた。

だがその色気は、ついぞルーティシアには理解できなかったが。

「どうなさったのですか？」

無邪気に問いかけるルーティシアに近づき、フィリップは静かに跪いた。

「ご挨拶をさせていただきにまいりました」

いつも空に漂う雲のように自由なフィリップからの丁寧な言葉づかいに、ルーティシアははっとする。彼は握りこぶしを床につき、頭を垂れた。

「レイノルド王国騎士団、副団長フィリップ・アルノルドは、ルーティシア・エル・ゴードウィン殿下に生涯の忠誠を誓います」

その真剣な声が、真摯な態度が、ルーティシアの心を震わせる。

騎士、それも騎士団の副団長を務めている男の誓いに、胸が熱くなった。それと同時に、あやふやだった自分の使命がはっきりと見えたような気がする。フィリップは亜麻色の髪を揺らして顔を上げると、かすかに微笑む。

「陛下共々、誠心誠意お守りいたします。それから」

立ち上がったフィリップが、真剣な空気を解いてにこやかに続ける。

「友人として、おめでとうを」

呆けるルーティシアの頭をがしがしと撫で、フィリップは満面の笑みを浮かべた。

「よかったな、ルーティシア。よくやった！」

ルーティシアの恋を応援してくれるいつものフィリップが、ここにいる。こみ上げる思いをそのままに、ルーティシアもまた笑みを返した。

「フィリップさまのおかげです！」

「俺は入れ知恵して、ちょっと協力しただけだよ。がんばったのは、ルーティシアだ」

「とんでもない！　夜這いが成功したのは協力してくれたみなさまのおかげです！」

「ルーティシア、声……！」

珍しく慌てたフィリップが、唇の前で人指し指を立てる。

「俺が見える範囲に人はいないけど、誰が聞いているかわからないから気をつけような」

「……す、すみません」

早速失敗してしまう自分が恥ずかしい。ほんの少し視線を落とすルーティシアに、フィリップが明るく続けてくれた。

「まあとにかく、うまくいってるようで安心したよ」

「……そうだったらいいんですけど」

「違うのか？」

「いいえ、私はとても幸せです。ヴァレリーさまに求婚してもらえるなんて夢みたいなことを経験しましたし！　……でも、ヴァレリーさまは……そうじゃないかもしれません」

「……でも、抱いてくれたんだろ？」

「ええ、それはもうしっかり。……でもそれは媚薬で強制的にそういう気持ちにさせただけで、ヴァレリーさまのお心でそうなったわけじゃありませんから……」

「ルーティシア……」

「お優しいヴァレリーさまのことです、きっと私を抱いた責任をとって求婚してくださったと思うので、私は私でしっかりと務めを果たそうと思います！」

まだまだめげません、と視線を上げて笑顔を作る。

ヴァレリーと結婚するということは、彼の隣に立ち、共に国を背負っていく立場になるということだ。こんなことで負けてなんかいられないと気持ちを切り替えた。

王妃として王を支えるのは、立派な務め。今は自分の感情よりも、国の、レイノルドの良い王妃になることが大切なのだと、芽生え始めた自覚が告げる。だから、大丈夫だ。

「私、片想《かたおも》いは慣れてるんですよ」

ヴァレリーを好きでいることに変わりはない。今までどおり、返されない想いを彼に渡していくだけだ。そして立派な王妃になることが、自分にできる唯一の贖《あがな》いだった。

「んじゃ、行くか」

行き先を告げることなく歩き出したフィリップの背中を、ルーティシアは悩みながらも追いかける。リジィも不安そうな声でフィリップに問いかけた。

「フィリップさま、そちらはご用意いただいた寝室とは別の方向ですが……」

「大丈夫。ここなら俺も何度か来てるし、リジィが不安に思うことはないよ。ルーティシアがいなきゃいけない部屋に向かうだけ」

それには、戸惑うリジィも黙った。しばらく歩き、とある部屋の前に案内される。フィリップは遠慮なくそのドアをノックした。

「はい」

中から返ってきたのは、ヴァレリーの声だった。

「フィリップです」

「……どうぞ」

ため息まじりに言うヴァレリーの声に応えるように、フィリップは勝手にドアを開ける。そしてルーティシアにおいでおいでをし、その小さな身体を部屋の中に押し込んだ。突然のことに振り返るが、フィリップは唇の前で人指し指を立てるだけだ。

「用件は」

ヴァレリーの声にはっとして部屋の中に視線を戻すと、彼は背中を向けたまま、机に向かっている。だから、ルーティシアの姿には気づかないのだろう。息を潜め、自分の口に手を当てたルーティシアの背後で、フィリップが返事をした。

「見回りのご報告に。周囲に今のところ変わった様子はありません」

「ご苦労」

「そんなわけで、俺はこれから休憩をとって、また朝方ぐらいに見回りに出ます。その間は他の騎士に交代で見回らせているので、何かあっても対処できるかと」

「わかった」

「それから」

「まだ何かあるのか」

「大事な方をお届けに」

フィリップの発言を不審に思ったのか、そこでようやくヴァレリーが振り返った。口を両手で覆っているルーティシアと目が合い、彼は目を瞬かせる。信じられないといった様子で目を瞠るヴァレリーにルーティシアが小さく挨拶をすると、彼はすぐにフィリップへ視線を向けた。

「これはどう――」

「ルーティシアと寝室を分ける意味がわからないので、連れてきました」

「フィリップ……ッ！」

今にも頭を抱えんばかりの様子で言うヴァレリーに、フィリップはしれっと続ける。

「あのですね、騎士団は今いる人数で護衛をしているわけですよ。もし陛下とルーティシアさまの御身に何かあったとなると、国際問題に発展するわけです。つまり何があってもお守りできるよう、おふたりには同じ部屋にいていただいたほうが護衛も楽というもの」

フィリップが語ったのは、正論だった。さすがのヴァレリーも、これに反論をするつもりはないらしい。押し黙った彼をそのままに、フィリップの舌はさらに回った。

「それもこれも陛下のためですよ。そんなわけでルーティシア、うちの陛下はひとりだと執務ばかりでほとんど寝ないから、添い寝頼むね」

「フィル‼」

「はいはい。そいじゃ、俺はこのへんで。ふたりとも、おやすみなさい。あ、リジィは俺が責任を持って部屋まで送っていくから安心してね」

調子よく自分のペースに巻き込んだフィリップは最後にそれだけ言い、ドアを閉めた。

足音がふたつ、足早に離れていく音を聞きながら、ルーティシアはそっとヴァレリーに視線を向ける。困ったように目を逸らしたヴァレリーに、ほんの少し胸が痛んだ。

「……ごめんなさい。私、今から別の部屋に」

「行かなくていい」

「でも」

邪魔だったりしたら、嫌だ。

ヴァレリーに迷惑をかけたくない気持ちが先に出る。それが相手にも伝わったのだろうか、彼は優しい声と穏やかな笑みをくれた。

「邪魔じゃないよ」

さっき痛んだ胸が、今度は一瞬で甘く震えるのだから自分の心は正直だ。ときめきでその場から動けなくなっていると、椅子から立ち上がったヴァレリーが近づいてきた。

「あの、ヴァレリーさ……ひゃぁッ」

目の前で彼が屈《かが》んだと思ったら、一瞬で抱き上げられる。ふわりと宙に浮かぶ感覚に目を白黒させている間に、ヴァレリーはその足をベッドに向けた。

そっと見上げるヴァレリーの顔を、ただ見ているだけのつもりが、ついうっかり見惚《みと》れてしまう。その精悍な顔つきをこの距離で見られるだけでも、胸がいっぱいになる。心臓の鼓動が速くなったところで、ヴァレリーの視線が向けられた。

「……ん？」

どうした、と問いかけてくる甘い声につい顔が緩む。

「好きです」

うっかり漏れたルーティシアの心の声に、ヴァレリーは一瞬目を瞠り、口元を緩ませた。

「知ってる」

「あ、すみません」

ついさっき立派な王妃になると決めたというのに、早速いつものルーティシアに戻ってしまった。慌てて口を両手で覆うルーティシアだったが、もう遅い。ヴァレリーを前にすると、どうしても務めより恋が上回ってしまうのだから、どうしようもなかった。

「謝る必要がどこにある。俺は、いつものルーティシアで安心した」

言いながら、ヴァレリーがルーティシアを横抱きにしたままベッドに腰を下ろした。そして再び、やわらかな月を思い出させる琥珀色の瞳を向ける。

「俺が求婚してから、様子がおかしかっただろう」

ヴァレリーの手がルーティシアの頬を覆い、指先で優しく撫でた。

「だから、飽きられたのかと思った」

彼は一体、何を言っているのだろう。

一瞬、何を言われたのか理解できず、きょとんとしたルーティシアだったが、ゆるゆると首を横に振った。

「……ありえません」

震える声で言いながら、言葉の意味が押し寄せ涙が歪んでいく。

「そんなこと、絶対にありえません……！」

「ルーティシア？」

眦から溢れた涙がぼろぼろと落ちていく中、彼は戸惑いながらも優しく指先で涙を拭ってくれた。視界がはっきりするたび、また新しい涙でヴァレリーの顔が見えなくなる。

「わ、私が、ヴァレリーさまに飽きられることはあっても、その逆は絶対にないです」

「そうか。……じゃあ、どうして今夜はこうもおとなしいんだ？　今までとは態度が全然違うように思うが……」

「だってそれは、私と寝室を分けたって聞いたから……！」

心に引っかかっていたことが、口をついて出た。

「ヴァレリーさまこそ、私と一緒にいるのが嫌になってそれで……」

自然と視線が落ちていき、ルーティシアは自分の手をぎゅっと握り込む。すると、ヴァレリーは小さく息を吐いて、ルーティシアの頭に頬を擦り寄せた。

「違う」

その優しさに、胸が痛くなる。

「き、気遣いは無用です。私、今からでも――」

「心配だったんだ」

ルーティシアは言葉を遮るヴァレリーの声に顔を上げた。すると、彼はルーティシアの目元の涙を指先で拭い、困ったように笑った。

「身体は、平気か?」

その声は優しく響き、その手はルーティシアの頬を労《いたわ》るように撫でた。話が見えず戸惑うが、ルーティシアは小さく頷く。

「……国を出るのは初めてですが、ヴァレリーさまとご一緒だと思うと、馬車での道のりも苦ではありませんでした」

「そうか、それはよかった。だがすまない、馬車のことではない」

申し訳なさそうに言うヴァレリーが、苦笑する。

「昨夜のことだ」

一瞬、ほんの一瞬だけ時間が止まる。

それから記憶を遡ること、もう一瞬。みるみる思い出されたのは、昨夜の出来事だった。

徐々に頬を赤くさせていくルーティシアを見て、ヴァレリーが続ける。

「身体は、大丈夫か？」

もう一度問いかけられ、その意味をすぐに理解した。ルーティシアは頷き、すぐに顔を両手で覆った。そんな彼女を腕に抱き、ヴァレリーは安堵の息を漏らす。

「よかった。……朝方まで離してやれなかったから、これでもずっと気にかけていたんだ。だが、今朝は慌ただしくて、気遣うこともままならなくてな……。加えて、この移動だ。ルーティシアの身体に負担ばかりかけてしまったと思って、寝室を分けたんだ」

「……」

「だから、ルーティシアがここにいるのは迷惑でも邪魔でもない。むしろ、俺のせいでルーティシアは休めないんじゃないかと思っているぐらいだ」

それはない――と、ルーティシアは何度も首を横に振った。

「……嬉しい、です」

それから顔を覆っていた手を退かし、ゆっくりと腕の中から抜け出て彼を見た。

「……」

「私は、ヴァレリーさまと一緒にいられるだけで幸せです」

だからもう、何もかもどうでもよかった。いや、よくなった。

ずるい女だと思われてもいい。責任という言葉を彼に押し付けた原因が、どの口で何を言うと自分でも思う。だが、それでもヴァレリーを好きだという気持ちに嘘はなかった。

彼に求婚をさせてしまった罪を背負い、たとえ彼に愛されなくても、ルーティシアは全力でヴァレリーを幸せにしようと決意を新たにする。

「私も、がんばりますね」

そう伝えるルーティシアに、ヴァレリーが首を捻った。

「何をだ?」

「ヴァレリーさまを支えられる、立派な王妃になります」

しかし、彼の反応は薄い。名残惜しい気持ちになりながらも、ヴァレリーの膝から下りたルーティシアは、夜着の裾を持ち上げて軽く膝を曲げた。

「陛下は、このままお休みください。私はソファで横になりますから」

肩掛けもあるのでちょうどいい。彼がゆっくり休むのも、大事な執務のひとつだ。それをルーティシアが邪魔するわけにはいかないと、ソファへ行こうとした。が、手首を掴まれてしまい、ルーティシアはヴァレリーに向き直る。すると。

「ルー」

甘い声で愛称を呼ばれ、息が止まるかと思った。

「本当に、それでいいのか？」

「か、構いません」

「そんな顔をしているのにか？」

ルーティシアは思わず片方の手で顔を触る。だが、どんな顔をしているのか触るだけではわからなかった。助けを求めるようにヴァレリーを見ると、彼は口元を緩ませた。

「俺は、王女を娶《めと》ったんじゃない」

「……」

「ルーティシアに求婚したんだ。ふたりきりのときは、いつもどおりのルーでいい」

なんて優しい男《ひと》なのだろう。

求婚をさせる理由を作ってしまったルーティシアに対して、こんなにも誠実でいてくれる。

そんなヴァレリーに、想いが募ってしょうがない。

「今みたいに俺のことが好きで好きでしょうがないって顔をして、さっきみたいにうっかり心がダダ漏れてしまうおまえがいい。俺を見るときは嬉しそうで楽しそうで、ときおり幸せそうに微笑んでは、いけないと首を横に振っていた。何を考えているのかはわからなかったが、こうなった今、無理に気持ちを抑える必要はないと思うんだが、どうだろう」

ヴァレリーは、ルーティシアの手首を離して両腕を広げた。

「十年焦がれた男が目の前にいて、おまえは独り占めしたくはならないのか？」

そんなことを言われたら、もうだめだ。

考えるよりも先に身体が動き、心が居たい場所を求めた。両腕を伸ばして、彼の腕の中に飛び込む。首に抱きつくと、彼の手もルーティシアの背中に回った。

「ずるいです、ずるい！」

「何がだ？」

「私が、私がどれだけ我慢したと……ッ！」

「十年だろう？」

「そうですけど！　今も、今だって……！」

「ああ、そうだな。自分の務めを果たそうとしてくれた。だから、思い出させたんだ」

そっとルーティシアが離れてヴァレリーを見ると、彼はやわらかく微笑んだ。

「おまえだけが、俺を好きなだけ独り占めしていい権利を持っている、と」

そんなに優しい声で、嬉しいことを言わないでほしかった。

ときめきを通り越して、また泣きそうになる。胸が熱くなって、今すぐにでも縋《すが》り付きたくなる。渦巻く衝動を堪えて困惑していると、ヴァレリーはルーティシアを抱きしめた。

その腕の中があたたかくて、胸が締め付けられる。

「……もう、笑いかけてもらえないと思ってました」

夜這いをすると決めてから、ずっとあった不安が口をついて出る。その不安を受け止めるようにして、ヴァレリーは抱きしめる腕に力を入れた。

「ちゃんと話をする前に求婚してすまない。……不安にさせて、悪かった」

いいえ——首を横に振って、そんなことはないと伝える。

「ごめんなさい」

「何を謝ることがある？」

媚薬を飲ませたせいで、こんなことになって——とは言えなかった。

「ルー？」

「なんでもありません。……それよりも、本当に私が一緒にいて大丈夫ですか？　ちゃんとお休みになることができますか？」

そっと身体を離してヴァレリーを見ると、彼は穏やかに微笑んだ。

「ああ。ルーティシアの体温が気持ちよくて、すぐ眠くなる」

「よかった。……では、ベッドへ」

「一緒に寝てくれるのか？」

「フィリップさまに、添い寝を頼まれましたから」

「……そこは、ルーティシアの心が聞きたかったんだが？」

少しからかうような表情と発言に、ルーティシアの頬が熱くなる。

「…………私が、ヴァレリーさまと一緒に寝たいです」

「ん。昨夜のように素直なのが一番だよ」

ヴァレリーは笑いながらルーティシアの額にくちづけ、ベッドへ横になった。その隣に寝そべり、ルーティシアは身体を寄り添わせる。ヴァレリーは毛布をかけてくれた。

「ふふ、あったかい」

「そうだな」

「あ、ヴァレリーさま」

「ん？」

「おやすみなさい」

「ああ、おやす――」

最後の「み」は、ルーティシアが押し付けた唇で消えた。やわらかな唇の感触を楽しむように食み、かすかに開いた口の中に舌先を入れる。ほんの少し、舌先が触れるのを感じてから、ルーティシアは唇を離した。

「また明日」

幸せそうに微笑み、ルーティシアはヴァレリーの腕の中で目を閉じる。だから、特大のため息が頭上でしたのには気づかなかった。

第四章　秘密

この大陸には『はじまりの魔女』が出てくるおとぎ話がある。

国によって伝えられ方が様々で、ルーティシアのいたゴードウィンでは子どもへの寝物語に選ばれることが多く、もっとも親しまれている物語だ。国や地域によっては魔女信仰という言葉もあるぐらい『はじまりの魔女』が神格化されているところもある。

大陸全土で様々な語られ方をする魔女の話だが、ここ――レイノルド王国は『はじまりの魔女』が最初に降り立ったとされる地として多く知られていた。

魔女が初めて降り立った地で出会ったのが、レイノルド建国前の亡国の国王。

年若い王に魔女が惹かれ、ふたりの間に愛が生まれる――というのが、有名な話だ。しかし、実際に語り継がれている話には続きがあった。彼と彼女が愛しあったせいで、魔女の力を独り占めするのはずるいと、魔女欲しさに争いや諍《いさか》いが生まれてしまう。

その結果、国王は毒で命を落とし、魔女は彼の亡骸《なきがら》を抱いて三日三晩泣き続けた。

四日目の朝。

国王の親友が様子を見にくると、そこにふたりの姿はなく、代わりに対岸が見える程度の湖ができていたそうだ。その親友が新たな国王となりレイノルドを建国し、その湖を見守ってきたのだとか。

「――つまり、我が国は毒を忌み嫌っております」

レイノルド王国の建国史を語るのに必要不可欠な『はじまりの魔女』の話をする宰相補佐のアレンが、びしっと厳しい視線を向ける。

「ではルーティシアさま、我々が外交で気をつけていることはなんでしょう？」

名前を呼ばれたルーティシアは、立っているアレンを見上げて答えた。

「毒と侵略です」

「その理由は」

「魔女信仰をしている地域では『はじまりの魔女』の象徴である、レイノルド王国の湖を奪わんとする思想があるからです。いつまた『はじまりの魔女』のような悲劇が起きるかしれない。ですから、ヴァレリーさまは臣下のみなさまとともに、そうならないよう外交に気をつけ、また毒で国王が斃《たお》れることがないよう気を遣っております」

アレンはほんの少し悔しげに口の端をひくりと上げ、憎々しげに言う。

「そのとおりです。……見かけによらず、人の話を聞いているようで安心しました」

「ありがとうございます」

にっこり微笑むルーティシアに、アレンはそれ以上何も言わない。手にした分厚い建国史を静かに閉じ、眉間に寄せられた皺《しわ》を指先で伸ばした。

「本日の王妃教育は以上です。これにて、職務に戻らせていただきます」

そう言って部屋から出ていったアレンを見送り、ルーティシアは小さく息を吐く。ソファから立ち上がり、窓辺に近づいた。その窓から見える景色の中に、陽の光を浴びてキラキラと輝いている碧い湖があった。

「……ヴァレリーさま、無理をしていらっしゃらないといいけど……」

この国――レイノルドに到着し、王城で過ごすこと二週間。

ルーティシアはヴァレリーと顔を合わせることはあっても、共に一晩過ごすことはなかった。

国を背負う王として、日々忙しく執務に追われているのはわかる。ルーティシアの父も国王だ。父が忙しくしていたのを知っているからこそ、会えないことに不満はない。

ただほんの少し、ひと目だけでも遠目から彼の姿を見ることができれば、それでよかった。

国を動かす重圧と積み上げられていく執務を考えれば、彼の体調が心配なぐらいで。

朝まで一緒に過ごせないことぐらい、どうってことはない。

そんなことより。

「私、ヴァレリーさまのお役に立てているのかしら」

大事なのはそれだった。

ルーティシアの暴走を求婚という形で責任を取ってくれたヴァレリーのために、何かしたい。その気持ちは日に日に募るばかりだ。唯一与えられたのは王妃教育なのだが、それはルーティシアのやるべきことで、今現在ヴァレリーの役に立つものではない。のちのち役に立つかもしれないが、ルーティシアは「今」ヴァレリーに何かしたかった。

自然と落ちかけていた視線を無理やり上げ、ルーティシアは窓の外を見る。

「これぐらいのことで落ち込んでなんていられないわ……！」

うん、と力強く頷き、気持ちを切り替えた。

そこへ、ドアをノックする音が届く。もしかしたら、リジィが紅茶の準備をして持ってきてくれたのかもしれないと思い、ルーティシアは小走りにドアへ向かった。

「待っていたわリジィ、今日は――」

自分からドアを開けると、そこにはリジィではなく――レイラの姿があった。

目を瞬かせるルーティシアに彼女は微笑む。

「アレンさまが、ルーティシアさまに陛下のお茶の準備をお願いしたい、と」

それを聞き、しぼんでいたルーティシアの心が元気になった。

これでやっと、ヴァレリーのために何かができる。

「喜んで！」

「では、ご案内します」

満面の笑みで応えたルーティシアに、レイラは表情を変えず歩き出す。ルーティシアはその後ろを歩きながら、レイラの背中をまじまじと眺めた。別邸を出たらもう関わることはないと思っていたのだが、この国に来てからほとんど彼女と行動を共にしている。

『慣れぬ国では、不便もありますでしょうから』

この国に来てすぐ、アレンがそう言ってレイラをつけた。

その心遣いはありがたいのだが、ルーティシアの胸中は複雑だ。別邸で見たヴァレリーと彼女の、どこか心が通じ合っているようなやりとりを見て、気にするなというほうが無理な話だ。この結婚に愛がないと理解していても、余計な嫉妬がひょっこり顔を出す。

すらりと伸びた手足、丁寧に整えられたハニーブロンド、女性特有のやわらかな曲線を持つ身体つき、美しい立ち居振る舞い。そして落ち着いた雰囲気。接すれば接するほど上がる好感度。ルーティシアの持っていないものを、彼女はすべて兼ね備えていた。

（……ヴァレリーさまが心をお許しになるのも、わかる気がする）

それだけ、レイラは人の心を一瞬で惹き寄せてしまう魅力があった。ルーティシアでさえも、彼女をひと目見て「レイラのような淑女になりたい」と思うほどだ。

こうして城にいるということは、彼女の両親はちゃんとした家の出なのだろう。ヴァレリーとも親しげだったということは、王家に近しい存在だったのかもしれない。

とすると、身分以外でルーティシアに勝ち目はない。

勝負事ではないとわかっていても、ヴァレリーの身近にこんなに魅力的な女性がいると思うと、ルーティシアもうかうかしていられないと思ってしまう。きっと無意識のうちに、レイラの存在を大きく感じているのだろう。

それで余計に、ヴァレリーのために何かしたい気持ちが強くなっているのかもしれない。

(だからといって、ヴァレリーさまを好きなこと以外に得意なものがないのよね、私)

ルーティシアはひっそりと息を吐いた。

「——こちらです」

連れてこられたのは、広い厨房《ちゅうぼう》だ。

奥では数人の料理人が夕飯の下ごしらえをしている。入る前から漂っていたバターの香りを胸いっぱいに吸い込み、ルーティシアはひとり幸せな気持ちになった。

「お待ちしておりました」

レイラとルーティシアを待っていたのは、見知らぬ男性だ。すると、レイラがルーティシアを守るように前に立った。

「どうしてあなたがここにいるのです」

「アレンさまに頼まれたからですけど」

「私は聞いておりません」

「そうおっしゃいましても……、私もアレンさまに言われただけで……」

いつも冷静で誰に対しても穏やかなレイラにしては、珍しく態度がおかしい。レイラの様子も気になるが、相手も困っている様子だ。ここで押し問答をするとヴァレリーのお茶の準備も遅れてしまう気がして、ルーティシアはたまらず声をかけた。

「あの、レイラさま」

「ルーティシアさま、私のことはレイラと」

「す、すみません。レイラ」

「なんでしょう」

「私、大丈夫です。なんでもします」

驚いたようにレイラが振り返り、男は安堵した様子で息を吐く。

「申し訳ございません。まさかお話がいっていなかったとは思わず……」

腰の低い男に連れられ、ルーティシアは彼に続いて厨房を出た。お茶の準備をするはずではなかったのだろうか。不思議に思うルーティシアをよそに、男はとある小部屋へ案内した。そこには小さなテーブルがあり、さまざまな焼き菓子がのった皿が置いてある。

「さ、こちらに」

促されるまま椅子に座ると、厨房で嗅いだバターの香りが鼻先をかすめた。おそらく、先程まで焼かれていた菓子なのだろう。傍らでレイラが紅茶を淹れてくれ、ティーカップが置かれた。

これではまるでお茶の時間だ。

胸中で首をかしげるルーティシアに、男は少し申し訳なさそうに言った。

「ルーティシアさまには、陛下へお出しする焼き菓子の毒味をしていただきます」

ルーティシアは先程のふたりのやりとりを思い出し、納得した。

彼は毒見役で、レイラはそれを知っていたから語気を強めたのだろう。そういうことなら頷ける。うん、とひとつ頷き、悩むことなく目の前の焼き菓子を手にした。

「ルーティシアさま……」

不安な表情を浮かべるレイラに、大丈夫だと微笑む。

「心配しないでください、私なら平気です」

「しかし……」

「レイラ。今大事なことは、ヴァレリーさまに安全なものを口にしてもらうことです。その点、今の私は、まだ王妃ではありません。国民へのお披露目《ひろめ》もまだです。ないとは思いますが、私にもし万が一のことがあったら、あとのことはよろしくお願いします」

最後にもう一度微笑み、ルーティシアは男を見上げた。

「では、ちゃんと見ててくださいね」

彼が頷いたのを見届けてから、ルーティシアは焼き菓子を躊躇《ちゆうちよ》することなく口に入れる。バターの香りが鼻から抜け、しっとりとした食感を伝えた。最後にはちみつのほどよい甘みが口の中に残り、笑みが浮かぶ。

「はぁ……、おいしい」

あまりのおいしさに、ルーティシアは並べられた残りのお菓子も、毒味だということを忘れてすべて食べた。

「はぁあああ、どうしましょう。とてもおいしかったわ！　あとでこちらを作った方にご挨拶させていただきたいのだけれど……！」

興奮気味に言うルーティシアに、レイラは一瞬驚いたように目を瞠り、それから安心したように息を吐いた。

「……承知しました」

「ありがとうございます！」

「ところで、体調は大丈夫ですか？」

「ええ。おいしいお菓子を食べて逆に元気なくらい！」

その様子に男もほっとしたのか「よかったですね」と言い、毒味は終わった。

ルーティシアはレイラに連れられて厨房に戻り、宣言どおり焼き菓子を焼いた料理人に感想を伝えた。

「さっきのお菓子、すごくおいしかったです！　幸せになりました。え、ヴァレリーさまは、このお菓子が好きなんですか？　あ、あの、もしご迷惑でなければ、今度作り方を教えていただけると嬉しいのですが……。まあ、ありがとうございます！」

最初は首を振って応えることしかできなかった料理人の表情が、段々と明るくなっていくのを見て、ルーティシアも嬉しくなる。最後にお菓子の作り方を教えてもらう約束を取り付けてから、少し離れたところでお茶の準備をしているレイラのところへ戻った。

「任せっぱなしですみません。何かできることはありますか？」

「いえ。もう準備はほとんど終わっております」

「……そうですか」

自分から料理人に挨拶をしたいと言い出した手前、ここで落ち込むのは筋違いというものだ。彼女は彼女の仕事をしたのであって、ルーティシアを待ついわれはない。申し訳ない気持ちになりながらレイラの横顔を見ると、ほんの少し顔が険しく見えた。

「……怒って……、いますか？」

ルーティシアの問いかけに、彼女ははっとして視線を合わせる。すぐに取り繕った表情をしたのがわかり、ルーティシアは思いきって一歩詰め寄った。

「レイラ。私に言いたいことがあるなら、なんでも言ってください」

そうでなければ、謝ることもできない。もしレイラを怒らせてしまった原因が自分にあるなら、その理由をちゃんと知りたかった。その思いが彼女に伝わったのだろうか。

ルーティシアに向き直ったレイラが口を開く。

「そう簡単に毒味をするのは控えてください」

はっきりと告げるレイラの瞳は、とても真剣だ。

「いくらアレンさまの頼みであっても、みずから危険を冒す必要はありません」

そして、ほんの少し瞳を揺らめかせた。

「陛下のためにも、ご自分を大切にしてください」

その毅然《きぜん》とした態度と発言とは真逆に、彼女の瞳は迷子の子どものようだった。たった一瞬のことだったが、レイラの見せてくれた感情にルーティシアの心が揺れる。

「……ごめんなさい。軽率でした」

「……いえ、私こそ差し出がましいことを申し上げました」

「そんなことありません。レイラは陛下の心を慮《おもんぱか》ってくださったんですよね……？　あ、でも安心してください。私がいようがいまいが、きっと陛下は大丈夫です」

「どうして、そのように思われるのですか……？」

「この結婚に、愛がないからです」

ルーティシアは苦笑し、ヴァレリーが使うだろうティーカップの持ち手を指先でなぞる。

「私は、陛下がいなくなってしまったら、きっと生きていけないです。それこそ『はじまりの魔女』みたいに、湖を作ってしまうほどの悲しみで泣き続けて、最後には……。けれど、ヴァレリーさまはそこまでの想いを私にお持ちではありませんから……」

　言葉に出すことで、視界が少し潤んでしまう。涙を見せないよう堪えている間に、レイラは何も言わず、ただ黙ってルーティシアの隣でティーポットに湯を注いでいた。

　すんと鼻をすすって顔を上げたルーティシアは、お茶の準備を終えたレイラに向き直る。

「あとは、これを持っていけばいいんですよね」

　近くにあるワゴンに視線を向けると、レイラにやんわり止められた。

「いえ。これは私が」

　ヴァレリーの顔を少しでも見られると思っていた心が、急激にしぼむのがわかった。しかし、表情に出してはいけないと、ルーティシアは顔を上げて笑顔になる。

「では、よろしくお願いします」

「…………はい」

　それから厨房を出て、ゆっくりとワゴンを押していくレイラの後ろ姿を廊下で見送りながら、ルーティシアは自分の口を両手で覆った。うっかりするとため息が出てしまうので、そうなる前の予防策だ。そろそろリジィが戻ってくるかもしれないと思い、ルーティシアが自室へ戻ろうと振り返ったところで、見慣れた人物と出くわす。

「あれ、ルーティシア」

　目の前から歩いてきたのは、フィリップだった。

「……何してんだ？」

口を覆うルーティシアを見て、彼はきょとんとする。ルーティシアはすぐに手をどけて、取り繕うように笑った。

「なんでもありません」

「そうか？」

「はい。ところで、フィリップさまはどうしてここに？」

「ん？　ああ、この時間なら王妃教育も終わってるだろうし、ルーティシアが暇してるなら一緒に出かけようかなと思ってな」

「……おでかけ、ですか？」

「ああ」

フィリップの申し出はとても嬉しかったが、外出はあまりよくないのではないだろうか。

この国では、王家のみで行う婚礼の儀式に加え、国民へのお披露目が別にある。通常はどちらも別の日に執り行うことになっているのだが、今回は予想外の婚姻のために時間がなく、同日にすべて行う段取りになっているらしい。

王妃教育の初日に、アレンからそう教えてもらった。

それまでは、国民に王妃であることを知られてはならないと言っていた、アレンの言葉を思い出し、ルーティシアは逡巡《しゆんじゆん》する。

「もしかして、アレンに何か言われているのか？」

明言することを避けて曖昧に笑うと、フィリップは小さくため息をついた。

「呆れた。あいつのヴァレリー好きには困ったものだな。……あのな、ルーティシア。アレンに何を言われたのか知らないが、ルーティシアはルーティシアのしたいようにしていいんだぞ」

しかし、自分の勝手な行動でアレンやヴァレリーに迷惑をかけるのだけは嫌だった。ドレスの裾をぎゅっと握るだけで口を引き結んだルーティシアに、フィリップは少しだけ腰を屈めて視線を合わせてきた。

「そのために、俺がいるのを忘れるな」

自然と、ルーティシアの手から力が抜ける。

「俺の肩書きは？」

「……騎士団の副団長」

「そうだ。俺は、俺の意志でルーティシアを守る。だからルーティシアも、遠慮しないでいい。外に出たいなら、俺が連れて行ってやるから」

本当に、いいのだろうか。

突然、目の前に太陽の光が現れたような気がして、日陰にいたルーティシアの心が前に出る。見上げたフィリップもまた、大丈夫だというように笑ってくれた。

「それに、ずっと城にこもりっぱなしっていうのも身体によくない。アルフレッドの顔でも見て気分転換するっていうのはどうだ？　単身留学している弟の顔を姉が見に行くぐらいなら、アレンも目くじら立てて咎めたりはしないだろうよ」

ルーティシアのぐらぐらに揺らいだ心が、フィリップの提案で一気に傾く。

それなら、もし外出したことがバレたとしてもアレンも大目に見てくれるかもしれない。

そう思ったルーティシアは、フィリップの話にのることに決めた。

「フィリップさま、ありがとうございます。それでですね、私に名案があるんですけど」

にっこり微笑むルーティシアに、フィリップもまた機嫌よく頷いたのだった。

そして――、

「これのどこが名案なんですか……‼」

顔を真っ赤にしたリジィが、馬車の中で叫ぶ事態となった。

隣にいるルーティシアはにこにこと笑みを隠すこともせず、リジィの向かいに座るフィリップも嬉しそうに微笑んでいた。

「まあまあ、リジィ」

「ルーティシアさまぁ」

泣きそうな表情でルーティシアを見るリジィは、とても美しい。

それもそのはず、彼女は今ルーティシアのドレスを着て、細工の美しい宝飾品を身に着けている。いつも以上に女性としての磨きがかかったリジィに、ルーティシアは満足した。

もともと、リジィはゴードウィンでも指折りの貴族の家の出だ。だが、本人は決められた結婚をするよりも、自分の身体を動かして働くことを選んだ。夜会があっても、リジィは貴族よりも侍女の立場を重んじ、いつもルーティシアのためにと動いてくれる。そんな彼女に、ルーティシアは常々、何かできることはないだろうかと機会を窺《うかが》っていた。

それを今回、実行したのだ。

今回、レイノルド国民に通達されたのは国王の結婚だけで、相手の名前はお披露目のときに公開されることになっている。だから国民は、騎士団の副団長が付き添うルーティシアたちを見ても、結婚式に招かれた国賓級の貴族ぐらいにしか思わないだろう。――と、これはフィリップの言だが、それを聞き、思い浮かんだのがこれだった。

背格好が似ている彼女に自分のドレスを着せ、自身はリジィの持っている簡素なドレスを身につけるという――ちょっとしたお遊びを仕掛けて今に至る。

馬車の中でリジィをなだめていると、ゆっくりと馬車が停《と》まった。そこで、最初の目的地、弟・アルフレッドのいる寄宿舎に面した通りに着いたのだとわかる。

「……本当に、ここでいいのか?」

馬車の窓に向かって少し身を乗り出したルーティシアに、フィリップが気遣わしげに問う。

ルーティシアは静かに頷いた。

「姿が見えなくても、アルが勉強している場所を見たかっただけですから……」

するとちょうど移動中だったのか、休憩中だったのか。高い檻《おり》のような柵の隙間から、弟の様子が垣間《かいま》見える。ほんの一瞬だったが、アルフレッドの学友に向ける笑顔を見ただけで胸がいっぱいになった。

ルーティシアは胸に迫る思いをぐっと堪え、フィリップに向き直る。

「出してください」

「もういいのか？」

「はい。元気そうな姿をひと目見られただけで、満足です」

「そうか。じゃあ、次は街へ出よう」

フィリップの一声で、馬車は走り出す。

街の中をどう走っているのかはわからないが、ルーティシアにとってはこれがこの国に来てから初めての外出だ。興奮しているのか、妙にわくわくする。

ほどなくして馬車が停まった。先に降りたフィリップの手に導かれるようにして外へ出ると、空の色を映し取った碧が目の前に広がっていた。

その美しさに目を瞠り、思わず息を呑む。

「……ッ」

愛しい男を喪《うしな》ったときの涙というのは、こんなにも美しいのだろうか。

火照った頬を湖で冷えた風が撫でていき、ようやく目を瞬かせた。

空の碧、そこに漂う白い雲、そして湖畔を守るようにある緑。自然に囲まれた、対岸が見えるぐらいの湖が『はじまりの魔女』の涙でできているのだと思うと、その涙の美しさに胸を打つ。

言葉が出ないルーティシアに、リジィがそっと寄り添ってくれた。

「美しいですね」

「……ええ、本当に」

そして、自分が今いるのは祖国ではなく、他国なのだと実感させられる。

「私、遠いところに来てしまったのね」

胸の内が、言葉になった。

ふいに手を握られる感触で隣を見ると、リジィが穏やかに微笑む。

「私はずっと、ルーティシアさまのそばにおりますからね」

「リジィ……」

「さ、フィリップさまが待ちくたびれてしまいます。私達も参りましょう」

リジィに手を引かれ、ルーティシアは湖を背に歩き出す。少し先で待っていたフィリップと一緒に大通りへ出ると、そこは活気に溢れていた。商店が立ち並んでいることもあって、人通りも多い。メイドにたくさんの荷物を持たせて馬車へ向かう、美しいドレスを着た貴族と何度もすれ違い、そのたびに目が奪われてリジィたちを見失いそうになった。

今のルーティシアはいつもと違い、リジィに従うほうだ。

フィリップとリジィもルーティシアのことを気にかけつつ歩いてくれるのだが、国王の結婚で沸き立つ街はお祝いの雰囲気一色だった。

『陛下がご結婚！　めでたいねえ！』

『いやー、どんな方がヴァレリーさまの嫁に来てくださったんだろうなあ』

『年上かしら、それとも年下？』

『ヴァレリーさま、とても苦労された方だから、幸せになっていただきたいわ』

『先代に似ていらっしゃるから、俺は少し心配だな……』

『聞くところによるとヴァレリーさまが選んだ方だ、きっと素敵な方なんだろうよ』

歩くたび耳に入ってくる言葉や声には、ヴァレリーを案じる心が込められているようだった。この国の人たちはみんな、ヴァレリーが大好きなのだろう。街をこうして歩いているだけで、ヴァレリーがどれだけ国民のために身を粉にして働いているのか、そして慕われているのかがよく伝わった。

（私も、ここにいるみなさまにがっかりされない王妃にならなければいけないわね）

覚悟が固まっていくと同時に、自然と背筋が伸びる。人の波で少し距離が空いてしまったフィリップとリジィの後ろ姿を追いかけていると、突然横から何かがぶつかってきた。

「ふぁ⁉︎」

いきなりでどうすることもできず、身体はそのまま横へと傾いでいく。だが、ルーティシアの身体は倒れなかった。

「ぼーっとしてんなよな！」

高い子どもの声といくつかの足音が響く中、ルーティシアは何が起きたのか理解できないでいた。子どもたちの背中を見送り、自分が今どうなっているのかを理解し、咄嗟に掴んでしまった人物をゆっくりと見上げる。

そこには、口元にたくさんの無精髭《ひげ》をたくわえた男がいた。

「……」

怪訝《けげん》な視線で睨《ね》めつけられ、ルーティシアが慌てて男から離れようとした——が。

「いッ」

上着の釦《ぼたん》に髪の毛が見事に引っかかった。

「も、申し訳ございません……」

重ね重ね迷惑をかけていることに、心が痛む。

「すみません。今すぐほどきますので……！」

そう言って顔を上げたときには、彼の手が釦を引きちぎっていた。ハニーブロンドが巻き付いた釦を手に、男は黙ってそれをルーティシアの手に握らせる。そして、そこから立ち去ろうとする背中を見て、ルーティシアは我に返った。

「お、お待ちください……ッ！」

　急いで走り出したルーティシアは、男の上着を必死に掴む。男は立ち止まり、不機嫌をあらわにして振り返った。冷えた瞳で見下されても、ルーティシアは毅然と口を開く。

「お礼を！」

「いらん」

「ではせめて釦をつけさせてください！」

「それもいらん！」

「どちらか許してくださるまでこの上着を放しませんが、それでもいいですか⁉」

「いいわけあるか！　さっさと放せ！」

「いやです！」

　その必死さが伝わったのか、このやりとりを見て周囲の視線を集め始めているからなのか、男はやがて顔を片手で覆い、これみよがしにため息をつく。

　指の間から、じろりと視線を向けられた。

「おまえ、貴族か」

「はい」

「じゃあ礼の代わりに、手伝え」

「はい？」

「俺についてこい」

想定外の出来事に困惑しながらも、ルーティシアは言われたとおりにする。すると、男はルーティシアを大通りから少し外れた、湖のよく見える店まで連れてきた。

（……アシュレイ……？　仕立て屋の名前かしら？）

看板の文字を見ながらそんなことを考えつつ、ルーティシアはようやく上着を掴む手を放し、男に続いて店へと入る。店番をしていただろう若い男が、早足で近づいてきた。

「パージさま、そんな格好でいったいどこへ……！」

「イーライ、あまりそうでかい声を出すな。少し街中を歩いていただけだ」

「しかし、もう期日がありませんし……」

言いながら、若い男の視線がルーティシアへ向く。彼は目を瞠ってから、パージと呼ぶ男に向き直った。

「この方はどなたですか？」

「どこかのお貴族さまだそうだ」

「はいぃ⁉」

脱いだ上着を若い男に預け、男は奥の部屋へ入っていく。ルーティシアは言葉を失っている若い男に挨拶《カーテシー》をして、パージの後をついていった。

「適当に座れ」

入った部屋は狭く、雑多だ。

木のテーブルにはさまざまな色の布が置かれ、途中まで作られたドレスもある。至るところにある布に心惹かれ、ルーティシアが部屋の中を見回していると、パージが近くの椅子を手にした。ルーティシアの視線が戻ったところで、彼はテーブルの上に無造作に置いてあるものをすべて腕で滑り落とし、何もないそこへ肖像画を置く。

覗き込んだその人は――ルーティシアのよく知る人物、この国の国王陛下だった。

「どこのお貴族さまか知らないが、この方を知っているな?」

「当然です。ヴァレリーさまですよね」

「そうだ。そして俺は、この方の婚礼衣装を仕立てている」

「まあ!」

「だが、陛下に似合う服が一向に思い浮かばないんだ」

「……まあ」

「だから、手伝ってほしい。少しでも、きっかけが欲しいんだ」

長い前髪から覗く彼の瞳は真剣だった。

ルーティシアは小さく息を吐き、これもヴァレリーのためにできることだと思い、頷く。

「私に何ができるかわかりませんが、全力を尽くします」

「じゃあ聞くが、陛下には何色が似合うと思う?」

「やはり赤でしょうか……。この国には、陛下と同じ赤い髪を持つ方……、そうですね、あなたさまのような方がたくさんいらっしゃいます。ただ陛下の場合は、普通の赤ではなく、深い赤とでもいいましょうか……。薔薇のような少し濃い赤なんですよね。ですから、さらに濃い赤を取り入れるのはいかがでしょう？　えーと、ほらあの赤みたいな！」

ルーティシアが部屋を見回してイメージに近い布の色を指差す。

「……ほう。合わせる色は？」

「瞳の色はやはり欠かせないと思います！」

「……なるほど？　陛下の瞳は……、琥珀色か」

「はい。夕暮れ色のあたたかな空の色でもありますが、光が当たると月のように薄い黄色にもなるんですよ。あ、婚礼衣装の基調は白ですから、満月みたいですね」

「……月、か。その発想はなかったな。とりあえず黄水晶を手配してみるか」

「素晴らしいですね。ヴァレリーさまがもっともっと魅力的になります」

パージの言葉を聞き、想像をふくらませるだけでルーティシアは幸せな気分になる。満面の笑みを浮かべるルーティシアを、パージがちらりと見た。

「……おまえ、陛下大好きなんだな」

「はい！」

即答するルーティシアに、パージはため息をつく。

「まあいい。大好きな陛下を素敵にするためにも、もう少しだけ話を聞かせろ」

「私でいいんですか？」

「思ったよりも陛下を見てるからな。おまえにしかできない」

それを聞き、ルーティシアの喜びはさらに大きくなった。

「喜んで、陛下の魅力をお伝えいたします！」

「……別に、陛下の魅力が知りたいわけじゃないが……、あー、まあ、頼む」

げんなりしながらも、パージはその後もルーティシアのヴァレリー語りを聞いてくれた。

といっても、紅茶を淹《い》れてくれた若い男が作業場へ足を踏み入れたときには、話のほとんどは終わっていたのだが。

「——今日は助かった。なんとなくいけそうな気がしてきたから、婚礼衣装楽しみにな」

淹れてくれた紅茶を飲む前に「長居されると作業ができない」と言うパージに追い出されるようにして、ルーティシアは店頭で挨拶をする。

「はい！　ありがとうございます！　少しはお礼になりましたか？」

「なったなった、十分だ」

「よかったです。では、出来上がった婚礼衣装楽しみにしておりますね、パージさま」

「さま《それ》はいらん。おまえに言われると、なんだかくすぐったい」

「では、失礼いたします」

「おう。気をつけてな」

パージに笑みで返したルーティシアは、湖沿いを歩いていく。

街へきてそんなに時間が経《た》っていないはずなのに、頭上にあった太陽はゆっくりだが、そして確実に傾いていた。湖の色が鮮やかな碧ではない。陽の光に当たった透明感のある碧ではなく、湖本来の色とでもいうのだろうか。

吸い込まれそうな蒼《あお》が、そこにはあった。

大通りに戻って、リジィたちと合流しなければいけないとわかっていても、なんとなくルーティシアは自由に湖畔を歩いていた。

(気持ちいい……)

ずっと城で過ごしていた鬱屈した気持ちが、風に身を任せるだけで溶けていくようだ。

『はじまりの魔女』が作ったとされる湖ではないということだろう。

何か魔力でも封じ込められているような気さえする。もしかしたら、本当に『はじまりの魔女』がいたのかもしれない。おとぎ話の人物だと思っていた魔女のことを思い出しながら、ルーティシアは無意識に大通りとは逆の方向へ歩いていた。

ぼんやりしながら歩いていると、ほとりから湖に向かって身を乗り出すようにして生えた一本の木を見つける。鮮やかな緑が風でさわさわと揺れていた。

気持ちよさそうに揺れる木を見ていたら、もっと近づいてみたいと思った。

心の赴くままにルーティシアがその木へ近づき、幹に触れる。でこぼことした木の感触に、なぜか心が穏やかになった。すると、がさがさとした音が頭上で聞こえ——目の前に何かが落ちてきた。

驚きで声を上げられずにいるルーティシアの前で、それはゆっくりと動く。

起き上がるようにして顔を上げたのは——翠玉色《すいぎょく》の瞳をした少女だった。

しかもその髪色は、深い赤。薔薇のような少し濃い赤だった。彼の人を思わせる髪の色に目が釘付《くぎづ》けになるルーティシアをよそに、少女は慌てた様子で近づいてくる。

「も、申し訳ございません！　まさか人がいるとは思わず、確認もせずいつものように飛び下りてしまいました！　どこかお怪我《けが》などされておりませんか？」

心配そうに顔を見上げてくる彼女に、ルーティシアはゆっくりと笑みを浮かべた。

「少しびっくりしましたけど、私は大丈夫ですよ。それよりもあなたは？」

「ええ、はい。私も大丈夫です」

はつらつとした笑顔になった少女に、ルーティシアもほっとする。まさか木の上に人がいたとは思ってもみなかった。ドレス姿で木登りをするなど、随分と活発な少女だと感心する。

「あの」

「はい」

「つかぬことをお聞きしますが、おねえさまは、……『はじまりの魔女』ですか？」

突然何を言われたのかわからなくて、思わずきょとんとした。

目をまたたかせたルーティシアは、少女の目線に合わせるようにして腰を屈める。

「ごめんなさい。私は魔女さまではないの」

申し訳なさそうに言うと、少女の表情から期待が消えていく。

「そう……ですよね、すみません。出会い頭にこんなことを訊いてしまって……」

「構わないわ。でも、どうして私が魔女さまだと思ったのか訊いてもいい？」

少女は傍らにある木に手を触れ、静かにその木を見上げた。

「私、この木の上で魔女さまに会わせてくださいってお願いしているんです」

「そうだったの……」

「魔女さまに会って、どうしてもお願いしたことが……あ」

そこで初めて、彼女は自分のフードが外れていることに気づいたのだろう。少女は慌ててフードを目深にかぶった。そしてルーティシアを窺うように、ちらりとフードを上げる。

「見ましたか？」

「え？」

「………私の、髪の色」

「ええ、見ましたね？」

きょとんとするルーティシアに、少女は目をまたたかせた。

「……………おねえさまは、何も言わないんですか？」

「何か言ってほしいんですか？」

「いえ、そうではなくて……」

言いよどむ彼女に、ルーティシアは微笑んだ。

「とても素敵な髪色ですね。あまりにも綺麗で、言葉が出ませんでした」

すると、一瞬きょとんとした少女が、少し恥ずかしそうにフードを目深に被る。それから一気にフードを押し上げたと思ったら、頬を赤くして興奮気味に言った。

「父上と同じ、自慢の髪なのです！」

「そうなの。あなたのお父さまは、大変美しい髪を持っていらっしゃるのね」

「そうなのです！　おねえさま、父上を褒めてくれてありがとう！」

まるで自分のことを褒められたように彼女は喜んだ。それを見て、ルーティシアもまた自然と笑みを浮かべる。

「お父さまからいただいた大事な宝物を見せてくださって、こちらこそありがとう」

「……父上からいただいた……大事な宝物。……嬉しい。そう言ってもらったことがないから、とても嬉しいです……。おねえさま、ありがとう」

目をうるうると潤ませた少女は、そっとルーティシアに抱きついてくる。胸元に顔を埋めて、抱きしめる腕に力をこめられた。甘えられていると思ったルーティシアは、彼女の背中に手を添え、その細くて薄い身体を抱きしめ返す。

「心優しいレディに育って。あなたのご両親はとても素晴らしい方なのね」

「はい！」

胸の間から顔を上げた少女が、満面の笑みで続ける。

「母上も、自慢の母上なのです！」

そう言うと、少女は我に返ったようにルーティシアから離れた。

「そうだ。そろそろ行かないと母上が……ッ！」

「では、一緒に大通りのほうへ行きましょうか」

さすがにこれ以上湖畔にいたら、身体が冷えてしまう。

少女の背中に手を添えて歩き始めると、彼女はほんの少しルーティシアに寄り添ってきた。

触れ合うところから心があたたかくなり、少女を見ると彼女は少しくすぐったい表情をする。

そこへ、遠くから声が聞こえてきた。

「フィルー？　フィルレインー、どこ行ったのー？」

その声に、彼女の小さな身体が震える。

「お母さま？」

「はい、そうです！　あ、あの、ここまでで大丈夫です」

フードを目深にかぶったフィルレインと呼ばれる少女は、ルーティシアから離れた。

「ではおねえさま、私はこれで」

そう言って丁寧な挨拶《カーテシー》をした少女は、急いで声のする方向へ駆けていった。その彼女が路地から出てきた女性――母親だろう人物に嬉しそうに抱きつく。

それを見て、ルーティシアは息を呑んだ。

(……そんな……)

フィルレインと呼ばれた少女を抱きとめた人物は、レイラだった。

彼女は嬉しそうにフィルレインを抱きとめ、仲良く湖畔を歩いていく。その方向は、レイノルド騎士団の宿舎だった。

「……ッ」

心臓が冷える。

何が起きたのかわからず、ルーティシアはしばらくそこから動くことができなかった。

だから、自分がどうやってリジィたちと合流したのかもわからない。気づいたときには湯浴みを終えて、城の寝室に戻ってきていた。

「――ルーティシアさま、大丈夫ですか?」

心配そうに声をかけてきたリジィの声で、ルーティシアは我に返った。

「街から戻ってきてからずっとぼんやりしていらっしゃいますけど、何かありました?」

「あ、いいえ。そうではないの。ちょっと……、その、今日のリジィみたいに、レイラにも何かしたいと思ってて……、それが浮かばないだけなの」

「そういうことでしたら、直接ご本人に相談してみてはいかがでしょう。あ、でもレイラさま、今騎士団の宿舎に住んでて夜にはいらっしゃらないので、それまででしたら」

「……そう。では、陽の高いうちに話をしてみるわ」

「そうしてください。では、私はこれで。おやすみなさいませ」

夜の挨拶をしたリジィが静かにドアを閉めていく。そのドアが閉まる音と同時に、ルーティシアはよたよたとベッドへ向かい、身を投げた。心が鉛のように重い。ルーティシアは小さく息を吐き、仲の良い母娘を見てからずっと考えていた推測をとうとう口にした。

「………ヴァレリーさまに、隠し子」

フィルレインの髪の色はどう見てもヴァレリーと同じものだった。

会えない間、焦がれにこがれた色だ。ルーティシアが見間違えるはずがない。それに彼女も、髪の色は父と同じだと言っていた。そして、彼女が母と呼んだレイラはヴァレリーと親しく、側近のアレンも信頼を寄せている。

これはあくまでもルーティシアの推測だが、限りなく事実に近いと状況が告げていた。

「……はぁ」

考えないわけではなかった。

ヴァレリーは父の三つ下で、子どもがいてもおかしくはない年齢だ。しかも、国王として国を背負っているのなら、世継ぎは早いほうがいい。だから、側室をたくさん抱える国王もいると聞いたことがある。それだけ、世継ぎは王族と切っては切り離せない問題だ。

しかし、誠実なヴァレリーに隠し子がいるだろうか。

ルーティシアの純潔を奪ったことに責任を感じて求婚をしたヴァレリーのことだ、もし本当にフィルレインがヴァレリーの隠し子なら、子がいるとわかった時点でレイラに求婚していたはずだ。それをせず、レイラをそばにおいているヴァレリーの真意がわからない。

だが、もしヴァレリーがフィルレインの存在を知らなかったら筋は通る。

(いいえ、それはないわ。彼女は、はっきりと自分の意見が言える女性よ)

昼間、レイラに毒味のことをはっきりと注意されたのを思い出し、浮かんだ疑問を否定した。

(それにあれだけ髪の色が同じなんだもの、絶対に誰かが気づくと思うのよね。……フィルレインも自分の髪を気にしていたわ。フードをかぶったのも身分を明かしたくないからよね。じゃあ騎士団の宿舎で暮らしているのは……、彼女たちを守るため……?)

そう思えば、納得がいく。

少しずつ考えが固まっていくのを感じるが、それでもやはりヴァレリーの行動には首を捻る。隠し子という存在自体が、どう考えてもヴァレリーらしくないのだ。

自然と漏れ出るため息をそのままに、ルーティシアはベッドから身体を起こした。

(ひとりで考えても、しょうがないことだわ)

これ以上考えたところで、当事者はルーティシアではない。きっと、ルーティシアの知らないレイラとヴァレリーの関係があるのだろう。そこで結婚できなかったから『今』があるのだ。それぐらい、わかっている。

考えたところで、意味はない、と。

だからこそ、よけいにこの結婚に愛はないのだと知らしめられて胸が苦しくなった。

「ルーティシアの、お馬鹿さん」

結婚したい人がいて、結婚できなかったヴァレリーの心を思うと胸が痛み、愛しい人の隣に立つルーティシアに仕えるレイラを思うと、息苦しさで動けなくなる。

媚薬を使って卑怯《ひきょう》な手段でヴァレリーを無理やり自分のものにしたルーティシアが言えることではないのだが、できることなら、ふたりの愛を応援したい。

しかし、それが許される状況ではないのもまた理解している。

(私は本当に、私のことしか考えていなかったのね……)

媚薬を使って初めて、見えているはずの周囲が見えていなかったことに気づく。今も胸に焦がれている大好きなヴァレリーに、自分という責任を押し付けてしまった。

彼にも、ルーティシア同様心があるというのに。

「……ごめんなさい」

ぽた。大きなしずくが落ちていき、ルーティシアの膝に落ちる。

「……ごめ、……なさ……ッ」

ぽたぽた、とさらに落ちていく涙が、ナイトドレスに染みを作った。それは彼女の肌にぴったりと張り付き、冷えていく。ああ、止まらない。どうしよう。泣くつもりなどなかったのに、自分の犯した罪の重さに押しつぶされそうだ。

「……ッ」

ついに顔を両手で覆ったルーティシアは、漏れ出そうになる声を押し殺す。あまりにもそのことに必死で、寝室に入ってきた足音に気づけなかった。

「ルーティシア？」

だから、背後から声をかけられて驚いた。

（ヴァレリーさま⁉　嘘、どうしてここに……！）

この寝室に入れる人間は決まっている。しかも、彼の声を聞き間違えるはずがなかった。

「どうした……？」

気遣わしげな声が近づき、ルーティシアは慌てて顔を手で拭う。それから、手近にあるクッションを腕に抱えて、そこに顔を押し付けた。

「なんでしょうか」

ベッドの軋《きし》む音がかすかに聞こえ、ヴァレリーがルーティシアのすぐ後ろに腰を下ろしたのだと知る。だが、ルーティシアはそこから動かなかった。

「……顔を、見せてはくれないか」

心が弱っているときに、ヴァレリーの優しい声は毒だ。

今すぐにでも縋り付きたくなる衝動を堪え、ルーティシアは大きく首を横に振った。すると、ヴァレリーが後ろから抱きしめてくる。耳に、吐息がかかった。

「ルーティシア」

あの、懇願するような甘い声だ。

「おまえの涙を拭いたい」

心臓が、壊れるかと思った。

それぐらい高鳴って、息が詰まって、苦しい。甘やかすような声に甘えたくなったが、ルーティシアはクッションから顔を上げて、笑顔で振り返る。

「ご安心ください。泣いてませんよ」

嘘はついていない、事実だ。

今はもう涙はおさまっている。ヴァレリーが微苦笑を浮かべて、ルーティシアの頬を撫でた。涙の痕を親指の腹で撫でた彼は、力任せにルーティシアを抱きしめてくる。

「何があった？」

「……いいえ、何も」

「しかし、何かあったから泣いていたのだろう？」

「違います。目に何か入っただけで……、それももう取れました」

心配をあらわにするヴァレリーに、ルーティシアは優しい声で「大丈夫」だと伝える。それが彼にも通じたのだろうか、諦めたように息を吐いた。

「なかなか顔を出すことができず、すまない」

「気になさらないでください。執務が忙しいのは、父を見て知っています。それよりも、お身体は大丈夫ですか？　ヴァレリーさまこそ、しっかり休まれていますか？」

「これぐらいの忙しさなら、慣れている」

「でしたら、よけいに休んでください」

「……」

「慣れてる、と自分に言い続けると、本当に慣れてしまいますよ」

ルーティシアは、ヴァレリーの背中に手を伸ばし、とんとんと優しく叩く。

「本当にしんどいときは、口に出すようにしてください。なかなか言えないお立場だということは重々承知していますが、そういうときこそ周囲の方々にちゃんとご自分の心を言葉にしてくださいね」

「…………そこに、ルーティシアはいないのか？」

「……私も、そばにおいてくださるのですか？」

「むしろ、なぜいないのか不思議に思ったぐらいだが」

「ヴァレリーさまはお優しいですね」

「普通だろう?」

「いいえ」

腕の中から抜け出したルーティシアは、ヴァレリーに微笑む。

「ヴァレリーさまのお役に立てていない私に、こうして役目を与えてくださいました」

ああ、本当に大好き。

たとえ彼に隠し子がいても、過去に愛した女性がいたとしても、今こうしてヴァレリーの顔を見るだけでルーティシアの心は簡単に「好き」でいっぱいになる。

「嬉しい」

素直な気持ちを言葉にするだけで、自然と笑顔になってしまう。この触れ合える距離にいられるのは、ヴァレリーとレイラの気持ちを犠牲にしているからだというのに。

昼間見た、フィルレインとレイラを思い出し、ルーティシアの胸がちくりと痛む。ルーティシアはそっと離れ、自分から抱きつかないようクッションを腕に抱いた。

「私でよければ、いつでもどこでも馳《は》せ参《さん》じますので、お疲れの際には無理をなさらないでくださいね」

「……ああ。ありがとう」

ふ、と口元を緩ませたヴァレリーの表情が、どこか気を許したような、ほっとしたような気がして、抱きしめたい衝動に駆られる。抱きしめるクッションの手に力を込めて堪えるルーティシアに、ヴァレリーは思い出したように声を出した。

「今日、フィリップと一緒に外出したんだって？」

「そうなんです。フィリップさまが気分転換にと、街へ連れ出してくださいました」

「……楽しかったか？」

「とっても！　普段私のことばかりのリジィを、うんとかわいくして街へ出ることができて、すごく楽しかったです！　あ、私は逆に動き回れる簡素なドレスにしたんですけど」

ふふ、と笑いながら話すのだが、ヴァレリーはきょとんとした。

「………リジィも一緒だったのか？」

「はい」

「そう……か。そうだったのか。ふたりだけではなかったのか」

安心したように息を吐くヴァレリーに、ルーティシアはクッションを脇に置き、両手を置いて前のめりになった。

「すみません、外に出てはいけませんでした？」

「え？」

「アレンさまに、お披露目が終わるまでは、国民には新王妃が誰なのかを伝えないとお聞きしました。でも、城から出るなとは言われてなくて……。ああ、違います。言われてないからといって自分で判断する前に、一言相談すればよかったんだわ……。ごめんなさい」

反省のあまり視線が落ちる。すると、ヴァレリーの大きな手が頬を覆った。顔を上げるルーティシアに、彼は微笑む。

「そう落ち込まなくていい」

「しかし、ヴァレリーさまが知っているということは、きっとアレンさまも……」

「ああ、知っているな。俺はそのアレンから話を聞いたから」

「あああああ、ごめんなさい……！　ヴァレリーさま、アレンさまから怒られたりしてませんか？　もし怒られていたら、おっしゃってくださいね。私が悪いって、明日アレンさまに、私から——んぅ」

穏やかな笑みを浮かべたヴァレリーの顔が近づいたと思ったら、唇が塞がれた。

目を瞬かせてきょとんとするルーティシアに、ヴァレリーは二度、三度と食《は》むようにくちづけてくる。その唇の動きが、甘い菓子でも食べるように優しかった。

「………ヴァレリーさま？」

「おまえは、あまりにも自分を悪者にしすぎる」

「でも、勝手に城から出たのは私ですし……、何も悪くないヴァレリーさまが怒られるのは私が嫌です」

「それぐらい構わない」

「だめです」

「ルー」

そこで愛称はだめだ。

それも困ったようにはにかみながら、唇を指の腹で撫でられたらもっとだめになる。

「俺を大事に思ってくれるのなら、ルーティシアも自分を大事にしなさい」

「……」

「いいね？」

そんなに優しい声で念を押さないでほしかった。

腰骨の辺りが甘く震えるのを感じながら、ルーティシアは頷く。ヴァレリーは小さく笑って、もう一度くちづけてくれた。一度ならず、二度。いい子だと褒めるように。

「でないと、俺がどうなってもしらないよ」

唇に吐息が触れる距離で囁いたのは、低い声。それはルーティシアの腰骨の辺りを甘く震わせた。言葉の意味を理解するよりも先に肌が粟立《あわだ》つ。静かに目を開けると、ヴァレリーはいつものように微笑んだ。

「……ヴァレリーさ――んッ」

再び唇を重ねられ、口を塞がれる。

それ以上答える気はないと言わんばかりにくちづけられ、ルーティシアの心が一瞬で甘くなった。もう何も考えられない。彼のやわらかな唇に思考がとろけていき、うっとりと目を閉じる。彼の唇から与えられる快楽に掴まったルーティシアは、すっかり身を任せていた。だから、彼の手に導かれるようにして体勢を変えられ、抱き上げられたこともわからなかった。彼の唇が離れて気づいたときには、ベッドに押し倒されていた。

「……ヴァレリーさま……？」

口から出たのは、舌っ足らずの甘い声。

ヴァレリーは濡れた唇をそのままに、ルーティシアの額を撫でる。それから顔を傾け、彼の吐息が唇に触れたところで、ルーティシアは思い出したように声をあげた。

「あの」

唇が触れるか触れないかの距離で、ヴァレリーがぴたりと止まった。

「今夜は、もうお休みに？」

「……そのつもりだが」

では準備をしよう。――としたのだが、この状態では身動きが取れない。

さすがにヴァレリーにどいてほしいとは言えず、ルーティシアはおずおずと口を開く。

「ヴァレリーさま、就寝のご準備は……」

「いらない」

即答された。

ルーティシアは目をぱちくりさせる。せめて、先程適当に置いてしまったクッションを元の位置に戻したかったのだが、ヴァレリーがベッドを整えなくていいと言うのだから、しょうがない。

「……わかりました。では、このままで」

にっこり微笑むルーティシアを、今度はヴァレリーがじっと見つめてくる。

「……どうかいたしましたか？」

「何か不満はないか」

「……ありません」

「では、ここの生活を不便に感じることは？」

「ありません」

「何か困ったことは？」

「………ありません」

なんだかヴァレリーの様子がおかしい。しかし、具体的にどこがおかしいのかわからないから、ルーティシアはただ素直に答えるだけだった。ヴァレリーはかすかに首を傾げる。

「では、どうして街へ出た？」

「え？」

「何か欲しいものがあるから、街へ出たのではないのか？」

そこでようやく彼の質問の意図を理解した。ルーティシアはゆるゆると首を横に振る。

「いいえ」

「……そういえば、気分転換にフィリップが連れ出したと言っていたな」

「はい」

「ん、ではいい機会だ。何か欲しいものはあるか？」

甘やかすような声で甘やかに微笑まれたら、胸が苦しくなった。

突然の息苦しさに見舞われるのと同時に、レイラとフィルレインの母娘が脳裏に浮かぶ。気づくとルーティシアの口が勝手に動いていた。

「子どもが欲しいです」

かすかに目を瞠ったヴァレリーに両手を伸ばし、彼の首に腕を絡ませる。

「ヴァレリーさまに似た、男の子がいいです」

耳元で囁くと、彼は力なくルーティシアの上に落ちてきた。

「まったく……」

呆れさせてしまったのだろうか。

ため息まじりにつぶやいたヴァレリーの声に、ルーティシアは漠然とした不安を覚える。でもきっと、ルーティシアに残された道はこれしかない。皮肉にも、自然と出た言葉がきっかけで、ルーティシアはルーティシアにしかできないことがあると気づいてしまった。

「……おまえは、俺をどうしたいんだ」

そんなのは、たったひとつだ。

ルーティシアは心のままにヴァレリーを抱きしめる腕に力を込め、心を言葉にした。

「ヴァレリーさまを愛したいだけです」

どんなにこの気持ちが届かなくても。

自分に、気持ちが向けられなくても。

愛する人に愛されなくても。

この心を捧げるだけで、生きていける。

「だから、これ以上は望みません」

そう告げると、首筋に触れていた吐息が、やわらかなぬくもりに変わった。

「んんッ」

声が出る。ヴァレリーはルーティシアの首筋に何度となくくちづけ、舌先でくすぐってきた。程なくして腰骨の辺りが甘く疼き始める。彼の大きな手がルーティシアの胸を覆い、下から揉み上げてきた。

「んぁッ……、あ、あ、あッ」

彼の手によって形を変えられる胸にドキドキしながらも、指先が胸に埋まる感覚に身悶える。

ぷっくりとふくれてきた胸の先端が、薄いナイトドレスを押し上げるまで、そう時間はかからなかった。

「あ、ふぁ……ッ」

尖り始めた胸の先端を、指の間で挟むようにして揉《も》み込《こ》まれる。ぷっくりとしていたそこは、揉み上げられるたびに左右から刺激を与えられ、すぐにつんと尖った。はしたなく上を向いた胸の先端に気づいたのか、ヴァレリーの唇も首筋から鎖骨へ移っていく。

「あ、あ……ッ。ヴァレリーさまぁ……ッ」

唇が徐々に胸へ移動していくと、期待でさらにそこが硬くなる。まるで「私は、はしたないです」とヴァレリーに伝えているようで、恥ずかしかった。羞恥に包まれるルーティシアの胸中など、当のヴァレリーには伝わらない。

彼は胸に優しくくちづけ、それからちらりとルーティシアを見た。

満月のような琥珀色の瞳が、妖しくゆらめく。

「随分と、物欲しそうな顔をして……」

低くかすれた声に、腰が疼く。

ヴァレリーは妖艶に微笑み、ルーティシアのすっかり尖った乳首をつまみ上げた。

「あああッ」

待ちわびた甘い刺激が全身に走る。

ヴァレリーはルーティシアに見せつけるようにして、何度もつまむ指先に力を込めた。きゅむきゅむきゅむ、と強弱をつけて刺激を重ねる。それがまた気持ちよくて腰が浮いた。

「あ、ぁあッ、あ……、あーッ……」

彼の愛撫を甘く誘うような声が止まらない。

「ヴァレリーさま……、だ、め……、気持ちいい……からッ」

「なら、だめではないな」

胸の突起を容赦なくしごくようにつまみ上げられ、高く腰が跳ねた。

涙で歪む視界では「はしたない」と言うように、ヴァレリーがいやらしい表情をする。ときおり唇を舐め、恍惚とした様子で甘い声をあげるルーティシアを見た。

「や、見ないで……ッ」

首を横に振って懇願すると、ヴァレリーが視線を逸らしてくれる。が、ヴァレリーが口を開いた刹那、琥珀色の瞳がちらりとルーティシアを見た。あ、と思ったときには、ルーティシアのはしたなく尖った胸の先端が、彼の口の中に入っていくところだった。

ぢゅぅ――薄布越しに乳首を吸われた瞬間、目の前がチカチカした。

「あぁッ‼　あーッ、あ、あッ、やぁッ、あああッ」

ぴったりと張り付く薄布の感触と、ヴァレリーの舌先の動きに腰が揺れる。身じろぐルーティシアだったが、のしかかるヴァレリーはびくともしない。それよりも、おいしそうに乳首をしゃぶってくるのだから、たまらなかった。

「ぁ、あッ、あッ」

優しく唇で食み、しごくように胸の先端を引っ張られ、さらにぴんと勃つ。また、そこを愛撫する水音がいやらしく響き、ルーティシアの思考が「気持ちいい」でいっぱいになった。しかし、もっと気持ちいいことを知っているはずだと、頭の奥で欲望が囁く。

「ヴァレリーさま……、ヴァレリーさま……ッ」

「ん、おいしいよ」

「ちが……ッ」

そうではない。だが、言葉にならない。快感に喘ぐだけでどうすることもできなかった。うずうずする気持ちを抱えながら、自然とルーティシアの手は乳首を舐めしゃぶるヴァレリーの頬を覆う。ふ、と彼の琥珀色の瞳が向けられた。

吐息を荒くしたヴァレリーの目が、ほんの少し細められる。すると、彼の手がゆったりとした胸元を引き下ろし、むき出しになった胸の先端をあらわにした。

さっきまでねぶられていたそこはすっかり色づき、つんと硬い。ますます心臓の鼓動が大きくなる中、彼は「これが欲しかったんだろ」と言いたげに舌を出し、小さく笑った。

なんて、いやらしくも美しいのだろう。

彼から漏れ出る色気にルーティシアが目を奪われていると、その濡れた舌先が乳首にゆっくりと絡みつく。

「あ、あ、あッ」

そして。

「──ふぁああッ」

じゅる、としごくように吸い上げられた。

小さな身体で受け入れるには大きな刺激が与えられ、腰が浮く。頭の奥が軽く弾けて、全身に痺れが走った。眦から涙が溢れ、ヴァレリーは容赦なくルーティシアのそこをねぶる。おいしそうに吸い上げ、味わうように舌先で転がした。何度も、何度も。

「んぅッ、あ、ぁあッ……そんなにしちゃ……ッ」

「これが好きなんだろう?」

そのとおりだが、あまりされすぎると変になる。

「ッ、あ、んんッ。いやらしくて……おかしくなっちゃいます……ッ」

「かまわん」

じゅるじゅるという水音を立てて、ヴァレリーはむしゃぶりつく。もう片方の手では、ルーティシアの痛いぐらいに尖った胸の先端を、指先で上下に揺さぶった。

「ぁあああッ、どっちもは、気持ちいいからだめ……ッ」

「そういうときは、もっとしてとねだっていい」

口から乳首を放し、濡れたそこを指先で撫でながらヴァレリーは言う。思考が快楽に堕ちた

ルーティシアは、クッションにくったりと身体を預けて口を開いた。

「もっと……して……？」

「ああ」

「……ヴァレリーさま、喜ぶ……？」

「そうだな」

そう言って小さく笑った彼に応えたくて、ルーティシアは無邪気に自分の乳首を指先で撫でる。

「もっと、ここを舐めてください」

「……ルーティシアは、どうされるのが好きだ？」

「舌先で……、ん、そうです。そうやってちろちろされるの、好き」

ルーティシアの声に応えるように、ヴァレリーは舌先で胸の先端を揺らす。彼の琥珀色の瞳が向けられ「他には？」と訊かれた気がした。

「…………吸われるのも、す――ッあぁ！　ぁあ、あーッ、んんッ」

じゅるじゅると吸い上げられて、背中がのけぞる。また「気持ちいい」で頭の中がいっぱいになった。ルーティシアは自然と胸元にいるヴァレリーに視線を向ける。

「……ヴァレリーさま」

「ん？」

手を伸ばしたルーティシアは、乳首を放して顔を上げた彼の唇を指先で触れる。

「唇《これ》、ください」

すると、すぐに濡れた感触に唇が塞がれた。

「んぅ……ッ」

欲しいものを与えられた嬉しさに、胸が一瞬でいっぱいになった。

「んん、んぅ、んむ、んぁ……ッ、ヴァレリ……さま——んッ」

貪るようなくちづけの中、彼の両手がルーティシアの胸の先端をふたつ揃えて弄《いじ》ってくる。

指先で弾くように上下に動かしたり、きゅっとつまんだり、かと思うとそのままくりくりと指の腹の間で転がした。

「んんッ、んーッ、んんぅ……ん、ぁんッ」

くちづけられていることで口は塞がっているのだが、なぜかときおり漏れる吐息や声、彼の指先、やわらかな唇までもが、

——ルーティシア。

と、ヴァレリーに名前を呼ばれているような錯覚に陥った。

(ああ、もうだめ……ッ)

ヴァレリーを抱きしめる腕に力がこもっていくと、彼は絡めていた舌をほどき、ルーティシアの唇にちゅ、と軽くくちづける。

いいよ。

そう伝えるようなくちづけをもう一度され、快楽を受け入れるのを戸惑っていた心の箍《たが》が外れた。

「んぅ、ん、ん――んんッ」

腰が高く跳ね、目の前が真っ白に弾ける。

きゅむ、と乳首をつまむヴァレリーの、指先の力に幾度となく身体が震えた。ルーティシアが必死になってしがみつくと、唇を放したヴァレリーは抱きしめる腕に力をこめた。

ルーティシアが落ち着くまで、ずっと。

「……ヴァレリ……さま」

快感が落ち着いたころ、ヴァレリーが顔を上げ、目元に残った涙を指先で拭ってくれる。それから、ゆっくりと顔を近づけ――ドアをノックする音でぴたりと止まった。

「陛下」

次いで聞こえてきたのは、ルーティシアも知っている声だ。当然、ヴァレリーにもそれはわかっているのだろう。彼はルーティシアの首元に顔を埋め、息を吐く。

「……陛下」

ほんの少し語気が強くなったのに気づき、ヴァレリーは顔を上げた。

「わかっている。……もう少し待て」

いまだ現実と快楽の間を彷徨《さまよ》っているルーティシアの頬を撫で、ヴァレリーはそっと触れるだけのくちづけをした。

「すまない。呼び出しだ」

「大丈夫です。むしろ、ヴァレリーさまの休まれる時間を邪魔してしまいました」

「ルーティシア、この場合の邪魔者は、間違いなく今ドアの前にいるアレンだぞ?」

「……そうなのですか?」

「そうなんだよ」

苦笑を浮かべるヴァレリーに、ルーティシアはきょとんとする。そんな彼女の唇にもう一度触れるだけのくちづけをして、ヴァレリーは起き上がった。うつらうつらするルーティシアの衣服を手早く戻し、ベッドから下りてブランケットをかけてくれるまでの間に、睡魔が忍び寄っていたらしい。

「ちゃんと休むように」

額を撫でてくれるヴァレリーの大きな手が離れるころには、ルーティシアの瞼《まぶた》がゆっくりと落ちていた。

第五章　錯綜《さくそう》

「――以上が、今日《こんにち》までの我が国の成り立ちとなります」

　アレンが分厚い歴史書を閉じる。

「今日の王妃教育はここまでとしますが、何かご質問は？」

　冷えた視線を向けられ、ルーティシアは「あります」と言わんばかりに手を上げた。すると、歴史書を両腕で抱き直したアレンが、珍しく肘掛け椅子に腰を下ろす。それを見て、ルーティシアは首を捻った。

「お時間は、よろしいのですか……？」

「構いませんよ。今の時間帯でしたら、陛下も休憩中だと思いますし」

「ありがとうございます、アレンさま」

「では、どうぞ」

「陛下とレイラさまの関係です」

　その瞬間、アレンの口の端がひくついた。

「……貴女《あなた》という人は、私の話をちゃんと聞いていたのですか⁉」

「聞いてました！　というか、むしろここにくるよりも前に、私は私でこの国《レイノルド》のことを調べていたので、アレンさまから教えてもらう歴史はある程度知っていて……。あ、でも、細かなところは知らなかったので、アレンさまのお話を聞くのはとても勉強になりました！　教え上手なんですね！　どれもこれも楽しく拝聴しました！」

「……でも、今は歴史よりも陛下のことが知りたい、と？」

「はい……」

　やはり失礼だっただろうか。

　王妃教育のこととは関係ない質問をしている自覚はあった。

「アレンさまの独特な語り口で紡がれるレイノルドの歴史は、大変おもしろいんです。頭の中にするすると入ってくるので、正直質問することが浮かばなくて……」

「だから陛下の話ですか……」

「すみません。ヴァレリーさまのことをよく知っているのは、アレンさまだと思ったもので……」

　しゅんとして、ルーティシアは膝の上においた自分の手に視線を落とす。すると、アレンが小さく息を吐いた。

「わかりました」

「聞かせていただけるのですか⁉」

勢いよく顔を上げたルーティシアに、アレンは苦笑を浮かべる。それが初めてルーティシアに見せてくれた、ほんの少し気を許した表情だった。

「構いませんよ。貴女は、この国よりも陛下のことが大事そうですからね」

「……すみません」

国にとって良い王妃になるのなら、ここは肯定してはいけないとわかっていたのだが、元来素直な性格はそう簡単に治らない。慌てて口を両手で覆ったが、アレンは聞かなかったことにしてくれたのか話を続けてくれた。

「陛下とレイラの関係についてですが、それこそルーティシアさまが陛下に直接訊いたらいかがです？」

正論だ。

反論などあるはずもなく、ルーティシアは曖昧に笑う。

「まあ、それができないから私に訊いてきたんでしょうけど」

小さく息を吐いたアレンが、ルーティシアに視線を向ける。

「私が言えることは少ないですが、それでもいいですか？」

「構いません」

もとより、多くを聞けるとは思っていなかった。

ふたりの間に秘められた関係があるのなら、アレンのことだ、話を濁すと踏んでいた。それに、本人たちのことを本人以外の人間に訊くのが間違っている。

アレンの行動はとても正しい。だからこそ、ルーティシアもまた素直に疑問をぶつけられる。敏いアレンなら、ルーティシアが変な質問をしても、きっと意図を正しく汲《く》み取って答えてくれると思った。

「……一言で言うのなら、大切なひとでしょうか」

ああ、やはりそうだった。

ヴァレリーの今までのレイラに対する空気や視線、話し方でなんとなく近しい人間だということに気づいてはいたが、それはあくまでもルーティシアの想像だ。

それをアレンが確かにしてくれた。

「あまり、驚いていないようですね」

ルーティシアは苦笑を浮かべた。

「……はい。ヴァレリーさまのご様子を見ていたら、そんな気はしていたので」

「見ているだけで?」

「ええ。ヴァレリーさま、レイラさまと一緒にいるときは、心から気持ちを楽にされているように見えます。普段から国王であろうと心がけていらっしゃる方なので、レイラさまに見せる隙のある笑顔は大変かわいらしいと思って見ておりました」

ルーティシアが初めてレイノルド王国へ降り立ったとき、出迎えにきていたのはアレンの父である現宰相と、宰相補佐のアレン、そして数人の側近だ。

そのときのことを思い出して、ルーティシアは口元を緩ませる。

「他の方の前では、ああはなりません」

すると、アレンは視線を彷徨わせてから向き直った。

「ルーティシアさま」

「はい」

「貴女、陛下のこと大好きなんですか？」

アレンに不思議そうに言われ、ルーティシアもまたきょとんとした顔で答える。

「愛してますけど」

いまさらすぎて驚いたのはルーティシアのほうだというのに、質問したアレンが珍しく驚きをあらわにした。固まったように動かなくなったアレンを見て、不安が浮かぶ。

「いけませんでしたか……？」

その声が届いたのか、アレンがはっとした様子で口を開いた。

「いえ、そうではないんです。私はてっきり、この結婚には愛がないのだと……」

「ええ、愛《それ》はありません」

そこでまたアレンが石像のように固まった。

その様子に言葉が足りなかったと思い、ルーティシアは慌てて続ける。

「あああの、私には愛がありますよ！　だから十年分ぐらいの愛を今も絶賛更新中なのですが、この結婚に愛がないのは事実なんです！　だって私だけですから、愛があるの！」

うまく説明できただろうか。

慌てながら言葉を探したせいで、うまく伝えられた自信がない。窺うようにアレンを見ると、石化が溶けた彼が目を瞬かせていた。

「……どういうことなんです？」

「どうもこうも、そういうことですけど」

何か、おかしいことでも言ったのだろうか。

自分の発言を思い出そうとしてもあまりにも必死だったせいで、よく覚えていない。あれこれと考え始めるルーティシアの混乱が極《きわ》まっていく。

「あ、その、だから王妃教育を軽んじているわけではなくてですね！　ヴァレリーさまのそばにいられるのが嬉しすぎて、ときどき幸せに浸ってはアレンさまに注意されていましたが、ちゃんと王妃としての務めもがんばります！　そこは安心してください！」

「そうでなければ困ります」

ド正論だった。

はっきりきっぱりと放たれた言葉が鋭利なナイフとなって胸に刺さる。心に痛手を負ったかいがあったのか、アレンはすっかりいつもの調子を取り戻していた。

そこへ、ドアをノックする音が響く。

ルーティシアが返事をすると「失礼します」という声とともに、レイラが入ってきた。

「ドレスが届きましたので試着をお願いしに……、お取り込み中でしたでしょうか？」

レイラがアレンとルーティシアを見て察したのだろう。窺うような表情をした。アレンは厚みのある歴史書をしっかりと腕に抱え、肘掛け椅子から立ち上がる。

「構いませんよ。もう話は終わりました」

アレンから同意を求めるような視線を向けられ、ルーティシアも慌てて頷く。

「では、別室へご案内いたします」

「私も途中まで一緒に参りましょう」

レイラとアレンに促され、ルーティシアは寝室を出た。

「早いものですね。婚礼の儀まで、あと四日ですか……」

廊下を歩きながら、隣にいるアレンがしみじみとつぶやく。

「アレンさまにはお忙しい中いろいろと教えていただき、感謝しております」

「何をおっしゃいますか。式が終わるまで王妃教育はしばらくありませんが、これからが本番ですよ」

しれっと言われ、ルーティシアは思わずアレンを見た。彼はちらりとルーティシアに視線を投げてから、前へ戻す。

「ルーティシアさまには、これから王家に関わる家柄とその関係性を覚えていただきます。王妃教育の傍らその準備もしておきましたので、しっかり体調を整えておいてください」

　これは相当覚悟がいるかもしれない。

　アレンの様子を見てそんなことを思ったルーティシアは、視線を前に戻して頷いた。

「……わかりました」

「よろしい。ああ、では私はここで」

　廊下が別れているところでアレンが立ち止まり、ルーティシアとレイラも足を止める。

「アレンさま」

「なんですか？」

「ヴァレリーさまに、ご無理しないようお伝えください」

「ご自分でお伝えになったらいかがです？」

「私も国王を父に持つ身です。その肩書きがどれほど大変で、どれほどの重圧かぐらい理解しているつもりです。私はきっと、式までお会いできないのでしょう？」

　アレンからの返事はなかった。

　沈黙は肯定だと思い、ルーティシアは苦笑を浮かべる。

「昨夜、アレンさまがお声がけくださるまでの間、ヴァレリーさまがお休みになれなかったのは私のせいです。昨夜、少しヴァレリーさまの身体が熱いように感じましたので、折を見てお休みできるよう計らっていただけたらと思いました」

「……私が、陛下の体調管理を見逃していると？」

「いいえ、とんでもない。……ただ、ヴァレリーさまはがんばりすぎてしまうきらいがありますので、今以上に気にかけていただければ、と」

「……」

「差し出がましいことを申し上げました。申し訳ございません」

「…………いえ。的確です」

「え？」

「陛下にはしっかり休んでいただくよう宰相に進言いたします。それでは」

そっけない言い方だが、しっかりルーティシアの気持ちを汲《く》んでくれたようだ。アレンの背中を横目に、ルーティシアとレイラも廊下を歩く。

ほどなくして案内されたのは、美しい湖の絵画が掲げられている絵画の部屋だった。すでに準備はできており、侍女たちが並んでいる。そこに見知った顔がいなくて、ルーティシアは首を捻った。

「レイラさ……、んんッ、レイラ」

「はい」

「リジィは……」

「私がルーティシアさまを呼びにここを出たとき、誰かに呼び出されていました」

「……そうですか」

正直、さっきの今でレイラと一緒にいるのは心情的にまずい。だが、そうも言っていられない状況なのもわかっている。だったらせめて顔に出さないよう気をつけよう。そう思っていたのだが、態度に出ていたようだ。

「私の顔に何か？」

美しいレイラの横顔が、ゆっくりと向けられる。

「あまりそう見られると、穴が空きそうです」

苦笑を浮かべるレイラに、ルーティシアは慌てた。

「ご、ごめんなさい！」

「……構いません。さ、こちらへ」

用意された衝立の裏へ向かうと、侍女数名によって着ているドレスを脱がされた。

「……」

正直、ヴァレリーが愛した女性に興味があった。

彼女とはこの国に来てからの付き合いだが、あまりこうじっくりと顔を見る暇はなかった気がする。アレンから語られた事実もあってか、余計レイラの顔をまじまじと眺めてしまった。

わかりやすい自分の態度と行動を反省して、ため息が出る。

「ルーティシアさま」

衝立越しにレイラから声をかけられ、急いで顔を上げた。

「私でよければ力になりますから、気軽にお声がけください」

不思議だ。レイラの優しい声がじんわりと心に響く。無防備になる。さっきまで自分を戒めていた鎖がなくなっていくようだった。

「レイラは、誰かを好きになったことはある？」

気づいたら話しかけていた。

あ、と思ったときには遅く、口を覆っても意味がなかった。しかもドレスを脱がされている最中だということもあって、その手は容易に口から引き剥《は》がされた。

「ありますよ」

「え？」

まさか答えてくれるとは思わず、ルーティシアは呆けたような声を出す。

「私だって女です。恋ぐらいします」

「……そう。その方とは、どうなったの？」

「……」

「あ、ごめんなさい。無粋なことを……」

「私の恋は成就しました」

「……」

「でも、連れ添うことはできませんでした」

淡々と事実を伝えてくるその声は、聞いているだけで胸が痛むほど儚《はかな》く聞こえた。

「レイラは……、今でもその方のことが好きなのね……」

「……どうしてそう思われるのですか？」

「いつもより寂しそうな声だったから」

彼女の想いを知るのには、十分だった。

その間に、ルーティシアは手際の良い侍女たちによって婚礼のドレスに着替えさせられていく。美しい刺繍《ししゅう》が施された、白を基調にしたドレス。それを見て、これに袖を通すのはレイラだったのかもしれないと思うと、ふいに残酷な問いが浮かぶ。

「……後悔していない？」

それは、ルーティシアがヴァレリーを好きになってから幾度となく自分にかけた問いだった。

「好きになったことですか？　それとも、出会ってしまったこと？」

ああ、同じだ。

彼女もまた、自分の恋を忘れられなくてずっと胸に抱いているのだろう。今も変わらずその想いは彼女の胸に大輪の花を咲かせている。その棘《とげ》に蝕《むしば》まれ、どれだけ血を流そうとも、枯らすことも、手折ることもできずに、ただそこにあるのだろう。それはときに耐え難い痛みを伴うが、それがあるから想いが死んでいないと自覚する。

後悔という言葉ひとつに対する返答で、彼女の懊悩《おうのう》がいやというほど伝わってきた。

「……私も、レイラと同じことを考えたわ」

「そう……ですか」

「答えは出なかった。でもね、ひとつだけ、わかったことがあるの」

「……」

「彼と出会わない不幸よりも、彼と出会った不幸のほうが、私はずっと幸せでいられる」

それが、ルーティシア自身が見つけた『答え』だった。

好きになろうが、出会ってしまおうが、どちらも後悔するし、どちらも後悔しないとも言える。だったら、自分が幸せだと思う答えを見つけるしかなかった。

心というのは、都合がよくて実に勝手なものだ。そう思っただけで楽になるのだから。

自嘲気味な笑みが浮かんだところで、ひとりの侍女によって衝立がどかされる。

そこに、レイラがいた。

「ルーティシアさま、とてもお似合いですよ。お綺麗です」

静かに告げるレイラの表情こそとても綺麗だと、ルーティシアは思った。だが、その言葉を呑み込み、微笑む。

「ありがとう」

「これから、ドレスの最終調整をさせていただきますので、しばらくそのままでいてください。今、仕立て屋を呼んでまいります」

そう言って、レイラは一度部屋から出て行き、今度は男性をふたり連れて戻ってきた。

赤髪の男が若い男を従えているのだが、付き添うその男をルーティシアはどこかで見たことがあった。

「まあ、あなた……」

相手の男性もまた、ルーティシアに気づいたのだろう。彼は目を瞬かせた。そして、赤髪の男も目を瞠った。

「おまえ……、あのときの嬢ちゃんか……」

驚きの声を発する赤髪の男を見て、ルーティシアも驚く。

「もしかして、パージさま⁉」

口の周りにたくわえていた無精髭が綺麗に剃《そ》られ、ぼさぼさの赤髪も手入れをされて綺麗に整えられている。初めて会ったときは年齢が上だと思ったが、こうして身なりを整えた彼は年若く精悍な雰囲気だ。最初に会ったときとは、だいぶ印象が違う。

「……ルーティシアさま、お知り合いですか？」

パージとルーティシアのやりとりを眺めていたレイラが、静かに問いかける。

「え、ええ。以前、フィリップさまと一緒に街へ出た際、私がパージさまにぶつかってしまって、髪の毛が釦に……」

「絡まった釦ごとぶち切って渡したんだが、この嬢ちゃんが『どうしてもお礼がしたい』といってきかなくてな。婚礼衣装のデザインが少し煮詰まっていたから、少し話を聞いただけだ。それだけだったはず……なんだがなあ。そうか、嬢ちゃんがヴァレリーの」

つるつるになった顎に手をやって、パージは嬉しそうに撫でた。

ルーティシアはルーティシアで、敬称をつけずにヴァレリーを名前で呼んだパージに驚く。そこへすかさず、レイラがパージを紹介してくれた。

「パージ・アシュレイ卿《きょう》。湖の管理をしている騎士団団長アシュレイ公爵のご子息です」

公爵は貴族の中でも上位の爵位だ。王家と懇意になってもおかしくはない。彼の口調からも、ヴァレリーとの親密度合が伝わってくる。敬称をつけないぐらい仲がいいのだと、妙に納得した。それにしても、こんな偶然があるのだろうか。

驚きで声が出ないルーティシアを見て、パージが上着を脱ぐ。

「今でこそ騎士団をまとめているが、アシュレイ家は古くから仕立て屋でな。金持ちの道楽で続けていたものだったんだが、何代か前の王に腕がいいと褒められてからは王家専属で服を仕立てているんだ」

脱いだ上着をイーライに渡し、それと交換するように針山を手にして腕につける。

「それでまあ、婚礼衣装の依頼を受けていたんだが……、そうか、あんたが」

口の端を上げたパージが、ルーティシアのドレスをまじまじと眺めた。

「おかしいと思ったんだ。貴族だと言っていたわりには古めかしいドレスを着ているし、何より顔を見たことがない。この国の人間ではないとすぐにわかったんだが、まさかヴァレリーの結婚相手とはな」

パージは楽しげに話しながらドレスに触れ、ルーティシアにはわからない微調整をしていく。何をしているのか興味を持ったが、それをぐっと堪えて前を見た。

「やはり噂なんてのは、所詮噂だ」

「噂って……」

「動くな」

思わず下を向いたルーティシアに、パージからの容赦ない一言が飛ぶ。

ドレスのフィッティングには慣れていたのだが、つい気になって動いてしまった。仕事をしている彼に迷惑をかけないよう、ルーティシアはパージの仕事が終わるまで言われたとおり動かないことに集中した。

「――ん、終わった」

背後でひとつ息を吐いたパージが、ルーティシアに目もくれずソファへ向かう。給仕をする侍女が紅茶を淹れ、彼はどっかと腰を下ろした。

「もう脱いでいいぞ。ドレスは一度持ち帰って、式当日の朝に持ってくる予定だ」

待機していた侍女がルーティシアの前に衝立を置くと、数人の侍女がドレスを脱がしにかかる。この短時間に、随分といろいろなことがあった。ぼんやりしながらも侍女たちの手に促されるようにしてルーティシアはあっという間に着替えさせられた。

その間に婚礼のドレスは侍女によってイーライの手に渡り、衝立がどかされたあとは、ソファから立ち上がったパージがルーティシアに挨拶をして出て行った。

「すみません。私はここの後片付けがありますので、ルーティシアさまは……」

「私は大丈夫です。ひとりで部屋に戻れますから、気にしないでください」

恐縮するレイラにそう言って、ルーティシアは絵画の部屋を出てひとりで廊下を歩く。こんなふうにひとりになる時間がなかっただけに、それはとても新鮮な時間だった。

だから、今まで気づかなかったことも感じ取ってしまうのだろう。

(……なんだが、見られている気がする)

城内の誰かとすれ違うたび、値踏みするような、監視するような視線を幾度となく感じた。

だが、それを恐ろしいとは思わない。湖の件もあって、そう簡単に他国を信用しないのがこの国だ。王であるヴァレリーがゴードウィンを信頼しているからといって、国民も同じだとは限らない。

王妃教育で学んだこの国の成り立ちを考えれば、こういう態度をされてもおかしくはない。

むしろ、それに今まで気づかないほど誰かと一緒だったことに感謝すらしている。

婚礼の儀を前にして、ルーティシアは王妃としての自分の在り方を考えていた。

だからだろうか。――ここだと思って開けたドアは違う部屋だった。

ルーティシアは首をかしげてから、ゆっくりとドアを閉めた。

（やだ、どうしよう）

広い城内、しかも代わり映えのない廊下でひとり佇《たたず》み、ルーティシアは血の気が引く。

迷った。

滞在日数はそれなりにあっても、ちゃんと城内を案内されたわけではない。移動には常にリジィかレイラがいてくれたから安心していたが、自分自身で城内を歩いていないせいか、今自分がどこにいるのかもわからなかった。

どうしよう。

まさか迷うとは思わなかったルーティシアだが、これもいい機会だから散策しようと気持ちを切り替える。焦ったところでどうしようもない。誰かとすれ違ったときに声をかけて、部屋の場所を教えてもらえばいい。そう自分を励まし、廊下を歩いた。

しかし、婚礼の儀を間近に控えた城内は慌ただしいはずなのに、誰ともすれ違わない。少し不安を覚えながらも、ルーティシアは窓から差し込む穏やかな陽の光に導かれるようにして、ある部屋までたどり着く。

「……ここだけ、装飾が少し違う」

同じドアを見続けていたせいだろうか、ほんの少しの違いが目についた。ルーティシアは吸い寄せられるようにして、そのドアに近寄る。さっきは誰もいなかったからよかったが、今度は誰かいるかもしれない。そう思い、ルーティシアは二回ノックした。返事はない。もう一度、二回ノックする。

「……」

返事はなかった。

ルーティシアはいけないと思いつつも、ドアを開く。鼻先を掠《かす》めたのは、インクの香りに混ざった大好きな匂い。気づくと吸い寄せられるようにして、部屋の中に入っていた。背後でドアの閉まる音がする中、ルーティシアは少し乱雑になっている室内を見回す。

机にいくつも置かれている紙束、左の壁いっぱいに本が並べられている本棚、そのそばにはソファセットがあり、礼装用だろう真紅のマントが無造作に置かれていた。

ルーティシアは、ここによく似ている部屋を知っている。

昔、弟と遊んでいる際に誤って入ってしまったことがあった。そのときも式典の前だったのか、はたまた新調するためだったのか、今みたいにマントが置かれていた。だめだとわかりつつも、好奇心に負けたルーティシアはそのマントを羽織ったのだった。

「……懐かしい」

かつての記憶に、思わず笑みが漏れる。

あのときは父のものだったが、今ここにあるマントは――彼のだろう。

ルーティシアの足は自然とソファに向かい、宝物に触れるように真紅のマントを手に持った。

肌触りはいいが、重い。

「あのときも、重かった」

それが常に父の両肩にのっている国王という重圧だとは気づかず、当時のルーティシアは『もっと軽いものにしたらいいのに』と思っていた。だが、今ならわかる。

この重さが、どれだけのものであるかを。

(これを羽織る方の隣に、私が立つ)

気づくと、ルーティシアはあのときのように、手にしたマントを羽織っていた。

ああ、なんて重みなのだろう。

自然と背筋が伸び、徐々にかかってくるマントの重みに気持ちがしゃんとする。

両肩にのしかかるマントから伝わるのは、緊張と孤独だ。そしてこの重みを知るのは、このマントを羽織る者だけだという事実に心が震える。

「……………ヴァレリーさま」

マントごと抱きしめるようにして自分を抱き、愛しい者の名前をつぶやいた。

無性に会いたくなる気持ちを必死に押し込めてから、ルーティシアは顔を上げる。

レイラのことがあろうとなかろうと、この重みに耐えるヴァレリーのそばでぬくぬくと幸せになるのではなく、自分なりに王妃として務めを果たそうと決意を新たにした。

そこへドアが開く音が聞こえ、ルーティシアは条件反射で振り返った。

「……」

「……」

中に入ってきた人物と目が合うこと数秒。

目を瞬かせるルーティシアを見ながら、部屋の主が後ろ手にドアを閉める。その場から動けなくなっている彼女に苦笑し、彼は近づいてきた。

「こんなところで何をやっているんだ？　ルーティシア」

甘い声が、ルーティシアの心を震わせる。

「いや、違うか」

まさか会えるとは思っていなかったヴァレリーの姿を前に言葉が出なくなっていると、目の前まできた彼が膝をついた。そして、その琥珀色の瞳で見上げてくる。

「ご機嫌麗しく、女王陛下」

彼は、立場が逆転した遊びでもしているつもりなのだろうか。

一国の王である愛しいひとに跪かれるだけでなく、とんでもない呼び方をされたら誰だって頭が真っ白になる。からかわれているのだとわかっていても、うまく頭が回らなかった。息を呑むルーティシアに、ヴァレリーは楽しげに続ける。

「ご命令があるなら、なんなりと。私の陛下」

ああもう、どこまでヴァレリーはルーティシアを翻弄するのだろう。

胸が苦しくてたまらない。騎士然とするヴァレリーを見ているだけで胸がいっぱいだ。その幸せがルーティシアの手を勝手に動かし、彼の頬をそっと覆う。

「あなたが、幸せになること」

それが、ルーティシアの願いだ。

はにかみながら彼の遊びにのったつもりだったのだが、ヴァレリーは一瞬きょとんとした。それから困ったように笑い、ルーティシアの手に己のそれを重ねる。

「では、陛下が私にやってほしいことはありますか？」

その甘やかすような言い方に、ルーティシアは素直な気持ちを言葉にした。

「ぎゅってしてください」

それにはヴァレリーも一度目を瞠り、嬉しそうに笑う。頬を覆うルーティシアの手を離し、ゆっくりと立ち上がったヴァレリーがマントを羽織ったルーティシアを抱きしめてくれた。すっぽりと彼の腕の中に包まれ、ルーティシアは嬉しさのあまり顔が緩む。

「へへ」

腰に腕を回して、彼の胸元に頬を擦り寄せた。

「……他にはありますか？」

「他も……、いいんですか？」

「構いませんよ」

そう言われたら、欲望が勝手に口をついて出る。

「くちづけがほしいです」

腕の中から抜け出たルーティシアは、ヴァレリーを見上げて己の額を指で示した。

「ここに」

するとヴァレリーは口元を緩ませ、ルーティシアの唇を親指の腹で撫でる。

「ここでなくていいのか？」

「はい」

「死んでしまうからか」

くすくすと笑いながら言うヴァレリーに、ルーティシアは首を横に振った。

「死なないって教えてくださったの、ヴァレリーさまじゃないですか……」

夜這いした夜のことを思い出させるような言い方に、少しだけ変な気持ちになる。というか、唇にくちづけが欲しくなってくる。その気持ちを堪えるようにして、ルーティシアはヴァレリーを見上げた。

「もういいですから、ここにください」

「はいはい」

焦れるルーティシアに、楽しげに返事をするヴァレリー。彼はルーティシアの両頬を挟むように手で覆い、そっと額に唇を押し付ける。久々に感じるやわらかな感触に、すぐ胸がいっぱいになった。離れていくヴァレリーに、ルーティシアが幸せそうに笑う。

「……へへ、ありがとうございます」

「もう一回するか？」

「あ、いえ、もうこれで」

彼の琥珀色の瞳が、ほんの少し楽しげに揺らめいた——気がした。

「そう遠慮しなくてもいい。ルーティシアが望むなら、俺は何度でもするよ」

「い、いけません！　これ以上は私が我慢できなくなりますので……！」

ああ、しまった。うっかり本音をもらしてしまった。

胸中で臍《ほぞ》を噛むルーティシアだったが、もう遅い。昔みたいにルーティシアをからかっているのか、ヴァレリーは彼女を抱き上げて執務机に座らせた。

「ヴァレリーさま……！」

「はいはい」

「もう、新しいおもちゃを見つけたような顔をして！」

「よくわかったな。それで？　何が我慢できないって？」

ヴァレリーはそう言って、有無を言わせないように額をこつりと付け合わせてくる。愛しいひとの顔がすぐそこにあって、素直になるなというほうが無理だ。ルーティシアは胸中で白旗を上げて、視線を落とす。

「…………くちづけ、です。あ、あまりたくさんすると、ヴァレリーさまの唇がもっと欲しくなって、ねだってしまいそうで……」

「……すればいいだろ」

「だめです！」

「どうして」

ほんの少し甘くなった声に、ルーティシアの心はすぐに陥落した。

「おかしくなってしまうんです」

「……」

「ヴァレリーさまにくちづけられるだけで、胸の先がじんじんして、はしたなくなって……、それだけですまないというか……、ヴァレリーさまに触ってほしくなるんです」

一体どうして、こんなにも素直に心の内を話してしまうのだろう。

恥ずかしいことをヴァレリーに言いたいわけではないのに、彼に甘やかされると容易に理性のタガが外れる。恋というのは、本当にどうしようもない。

「……ごめんなさい。私、部屋に――」

頤《おとがい》に添えられた彼の手に導かれるようにして顔を上向けられると、待っていたのはやわらかな感触だった。

「んぅ」

あむ、と唇を食むような動きを感じ、ルーティシアは目を瞠る。ヴァレリーの美しい琥珀色の瞳は伏せられ、彼の唇がルーティシアのそれに触れていた。くちづけられている事実を理解したら、ヴァレリーがほんの少し唇を離す。

「……ど、して……」

「俺が、したいと思った」

真剣な声が胸を貫く。心臓が止まるかと思うほど胸が苦しかった。何も言えずにいるルーティシアに、ヴァレリーはまた唇を重ねてきた。今度は深く。先程よりも激しく。

「ん……ッ、ぅ……ん、……は、んぅ……、ヴァ……さま……ッ」

名前も言わせてもらえない。

ヴァレリーは角度を変えてはルーティシアの唇を貪り、舌を絡めてきた。口の中がいっぱいになる感覚の中、触れ合うところから甘さが滲む。ちゅくちゅくと舌をねぶってくる舌の動きに、ルーティシアの腰が揺れた。

腰骨の辺りに甘い痺れがたまり、ぞくぞくとした感覚が這い上がってくる。胸の先端が疼き始め、触ってほしそうに尖っていくのがわかった。はしたない身体の変化を恥ずかしいと思う

もの の、それ以上にヴァレリーのくちづけが気持ち良くてどうでもよくなる。

彼とのくちづけに、没頭してしまう。

気づいたときには、背中に彼の手が回っていた。長い髪の隙間から手を差し込まれたら、そこはもうすぐに素肌だ。

「んッ、んんッ」

今日は婚礼衣装のフィッティングがあることから、比較的脱がしやすいデザインのドレスを着ている。腰まである長い髪で隠せるという理由で肩と背中は剥《む》き出しで、襟後ろの紐《ひも》を外すだけで容易に上半身が裸になってしまうものだった。

「んぅッ、ん、んーッ」

ヴァレリーが無防備なルーティシアの背中を指先でなぞり上げるだけで、何度となく肩が揺れた。久々に感じる彼の愛撫に、ルーティシアの身体が熱を帯びていく。

もっと触ってほしいと思った。

「んぁ……、ん、ふ……んんッ」

やわらかな快楽が身体にまとわりつき、じゅるじゅると舌をしごくように吸い上げられたら、目の前が軽く弾ける。離れていく彼の唇が濡れているのをぼんやり眺め、まだくちづけていたい欲求が浮かぶ。

「……そんな顔しなくても、またあげる」

いやらしい表情をするヴァレリーを見ているだけで、身体の奥が切なくなった。ほしい、というように身体が熱くなり、触れたくなる。彼は嬉しそうに口の端を上げた。

「ああ、確かに尖っているな」

恍惚とした表情で言われた言葉に違和感を覚え、ルーティシアは彼の視線を辿《たど》るように顔を下に向ける。そこには、襟後ろの紐を外され、あらわになったルーティシアの胸があった。くちづけの気持ちよさでどこかにいった羞恥が戻ってくる。

しかし。

「隠してはいけないよ」

ヴァレリーの優しい声に、ルーティシアの身体は動かなかった。見られているだけでも耐え難いというのに、隠すことなく自分からその羞恥を受け入れるのもまた恥ずかしい。

ルーティシアが助けを求めるようにヴァレリーを見上げると、彼は嬉しそうに微笑む。そして、ゆっくりとくちづけてくれた。

「ん。……ん、んぁ……ッ」

唇で触れ、割り込んできた舌が絡みついてくる。

じゅる、と吸い上げられた直後、胸の先端を優しくつままれた。

「んむぅッ!?」

ヴァレリーに舌を吸われながら、乳首を指先で弄ばれる。彼の指は、ルーティシアの尖ったそこをつまんだり、そのまま指の腹でくりくりと転がしたり、舌を吸い上げる動きに合わせて軽く引っ張ったりしてきた。

「んぅ、んーッ、んーッ」

腰骨が甘く疼いてしょうがない。

身体が何度も跳ねるせいで、執務机に置かれた紙束が下に落ちる音がかすかに届く。だがそれも、くちづけの音に混ざって聞こえるせいで本当にそうなのかはわからない。

「……はぁ、ヴァレリーさま……、あ、気持ちい……ッ」

「ここをいじるだけで、とろけた顔をして……」

「ふぁッ」

「ああ、かわいい声が聞けた。……もっと、もっとかわいがりたい……」

「んぅ」

ヴァレリーの執務室に、ルーティシアの甘い声とくちづけをする音が響く。時折囁くヴァレリーの甘い声が身体にまとわりつき、ルーティシアの快感を煽った。もっともっとと頭の奥で快感を求めるようになると、ヴァレリーのジャケットを掴んでいた。

気持ちいい。

ルーティシアの身体中が、ヴァレリーの愛撫を求めていた。

そこへ突然、ノックの音が執務室に響く。

「陛下、お戻りですか?」

ドア前にいる来訪者の声に反応し、ヴァレリーがルーティシアの唇を離す。しかし、その手はルーティシアの胸の先端をいじったままだ。ルーティシアは声を出さないよう、彼の胸元に顔を埋めた。

「アレンか」

平然と返事をしたヴァレリーは、ルーティシアの乳首をつまむ。

「んッ」

いくら顔を埋めても声は漏れ出てしまう。しかも、ルーティシアのそこはもっとしてと言わんばかりに硬くなり、ヴァレリーの指を喜んで受け入れた。それを彼もわかっているのだろう、指先の愛撫は止まらなかった。

「どうした」

「あ、いえ、先程ノックをしたらお返事がなかったようでしたので、確認に」

「そうか。急ぎの用でもあったか?」

「そういうわけではないのですが……」

少し考えるような間が伝わってくるが、ルーティシアはそれどころではない。

ヴァレリーの指先はルーティシアの好きな愛撫をいつの間に覚えたのか、それを緩急つけてしてくる。徐々に高みに上《のぼ》らせているのがわかり、声を堪えるのも厳しくなってきた。

背後から迫る快感の波に追いつかれそうで、気が気ではない。

「……ッ、んんッ」

すべてを委ねたくても、アレンがそばにいるとわかっている状況がそうはさせなかった。ルーティシアがヴァレリーのジャケットを掴む手に力をこめても、高まる快感はどうにもならない。気持ちいいが止まらないのに、素直にそれを受け入れることができなかった。

「――出直すことにします。一時間後にまたノックいたしますので、それまでにいろいろと終わらせておいてください。そのときには、リジィも連れて来ておくことにします」

それだけ言い、アレンがドア前から去っていったのだろう。正直、今のルーティシアに冷静さの欠片《かけら》はなく、会話の内容をひとつも理解できていない。ヴァレリーはそれを見越していたのか、ルーティシアの唇を貪り、ドレスの裾を捲《めく》りあげて秘所を撫《な》で上げた。

すっかり濡れそぼっていたそこにゆっくりと彼の指が埋まってくるのがわかった直後、視界が白く弾ける。肉壁をなぞる指の感触に腰が跳ね、ヴァレリーにしがみつくので精一杯だった。

「んんぅッ、んーッ、ん、ん、ぁ、はぁ、ヴァレリーさま、だめ、そこ、ぐちゃぐちゃにしちゃ……んッ」

蜜で溢れたそこを指で勢いよく掻《か》き回され、快感がさらに大きくなる。

あとはもう、どうなったのかよくわからない。

ただひたすらヴァレリーの愛撫に絶頂し、そのたびに彼の唇に塞がれた。淫靡な快感に身体が取って代わられ、ヴァレリーの腕の中で幸せな気持ちになったのだけは覚えている。

その後、宣言どおり一時間後にアレンがリジィを伴って執務室に来てくれた。おかげで、ルーティシアは乱れたドレスを整えることができ、部屋に戻ることもできた。

その日を境《さかい》に、ルーティシアは慌ただしく過ぎていく時間の奔流に流される。

婚礼の儀が差し迫っていることもあって城内は忙《せわ》しなく人が動き、ルーティシアも式の段取りをヴァレリーとともに頭に叩《たた》き込まれていく。終わったころには、昼が夜に取って代わられていた。それから一緒に夕食を摂《と》り、ヴァレリーは執務へ戻り、ルーティシアは慣れない式典の疲れと緊張からか、ベッドに倒れ込むように眠る日々。目まぐるしく目の前を通り過ぎる時間に流されていたら、四日などあっという間だった。

「――シアさま、ルーティシアさま」

誰かに呼ばれる声で目を覚ますと、睡眠が足りないのか頭がぼうっとする。眠気をおして身体を起こすルーティシアだったが、徐々に見えてきた視界が若干暗い。目をしょぼしょぼさせながら、ベッド脇にいるリジィを見た。

「リジィ？　どうしたの……？」

あふ、とあくびをしたルーティシアに、リジィは申し訳なさそうに続ける。

「夜明け前に申し訳ございません。実は」

「姉上……！」

リジィの声を押しのけて、彼女の隣にいただろう人物がベッドに両手をついた。突然のことに驚いて眠気が吹っ飛んだルーティシアは、身を乗り出す相手を見て驚く。

「……アル？」

弟のアルフレッドが、外套《がいとう》も外さずそこにいた。しかもその表情は切羽詰まっている。ただ事ではない雰囲気に嫌な予感で胸をざわつかせると、アルフレッドは緊張した面持ちで告げた。

「姉上、国へお帰りください」

その一言に、息を呑む。

「急ぎ国へ戻るための馬車を用意いたしました。ですから姉上は今すぐにこの国を出てください……！」

突然のことで寝起きの頭が理解できない間に、アルフレッドは矢継ぎ早に言った。

どうしてそうなったのか、なぜ弟がこんなにも焦っているのか、ルーティシアにはわからない。だが、ここで弟の勢いに呑まれてはいけないと思い、ルーティシアは懇願の表情を浮かべたアルフレッドの頬を片手で覆った。

氷のように冷たい。

きっと、焦りに任せて馬を駆ってきたのだろう。その頬の冷たさが、ルーティシアに向ける心配を物語っていた。

「どういうことか、ちゃんと説明してくれる？」

「しかし姉上、時間が……ッ」

「アルフレッド。国へ戻るかどうかを決めるのは私よ」

不安に揺れるアルフレッドの瞳をしっかりと見つめながら、ルーティシアは真剣に告げた。

少しずつ彼の瞳から焦りと不安が消えていくのを見て、ルーティシアは微笑む。

「いい子ね。さ、ここに座って。リジィ、アルに何かあたたかいものをお願いできる？」

「かしこまりました。すぐにお持ちいたします」

アルフレッドをベッドに座らせ、近くにあった肩掛けを彼の外套の上からかける。リジィが寝室を出て行ったのと、アルフレッドが口を開けたのはほぼ同時だ。

「……実は、街でよくない噂がたっています」

噂と聞いて浮かんだのは、この間のパージの言葉だった。

パージだけでなく寄宿舎にいるアルフレッドの耳にも入るということは、かなりその噂は広がっているのだろう。そしてその噂の渦中にいるのは、間違いなく自分だ。

言いよどむアルフレッドの態度から、どんな内容であろうとも冷静でいようと思い、ルーティシアは先を促すように彼の手を握った。顔を上げたアルフレッドは、一瞬泣きそうな顔をしたが、気持ちを切り替えるように息を吐く。

「……新しい王妃は、国王を惑わす悪女、だと」

思わず口の端が上がって声が漏れる。

「姉上……？」

窺うような弟の視線に、ルーティシアは堪えるのをやめて素直に笑った。

「ふふ。……ヴァレリーさまが私に惑わされてくださったらどんなに楽だったか思うと、つい笑ってしまったわ。気を悪くしたのなら、ごめんなさい」

「……いえ、逆に気を悪くされるものだと思っていたので……驚きました」

「そう？　なら安心して、私は平気よ。他にはあるの？」

「え？　あ、そうですね。これは街の人が見たという話なのですが、どうやら新しい王妃は副団長のフィリップさまと恋仲だとか……？　そこから人を介して、男好きだとか、若い男とよろしくするためにヴァレリーさまに近づいただとか……、とにかくとんでもない娼婦《しょうふ》みたいな噂まであったりして……、街は新王妃への悪口でいっぱいです」

「……あらまあ。みなさま想像逞しいのね」

ぼんやり言うルーティシアに、アルフレッドはこれでもかってぐらいに目を見開く。

「あ、姉上は平気なのですか⁉」

「だって噂でしょう？　ヴァレリーさまがそれをお信じになるということであれば全力で否定しますけど、今のところヴァレリーさまからそういったお話はなかったし、正直私はその噂で嫉妬してもらえたら嬉しいなって思うぐらいで……」

「姉上⁉」

信じられないといった様子のアルフレッドに、ルーティシアはやんわりと微笑む。

「アル、嫉妬はね、好きじゃなきゃ生まれない感情なのよ」

「……」

「だから今の私の目標は、ヴァレリーさまに嫉妬してもらえるぐらい好きになってもらうこと」

その目標も達成できそうにないかもしれないが、そんなことを言ったら弟の心配を煽ってしまう。これ以上の心配は無用だと伝えるために、ルーティシアはなんでもないというように装った。だが、アルフレッドの表情は晴れない。

「……アルは、この結婚に反対？」

弾かれるようにして顔を上げたアルフレッドの表情が、肯定していた。姉としては少し寂しい気持ちになったが、だからといってヴァレリーを好きな気持ちは止められなかった。

「本当は、これを姉上に言うつもりはなかったのですが……」

アルフレッドは意を決したように、とても真剣な表情で続ける。

「僕は、姉上がこの国に輿入《こしい》れされたことを知らされておりませんでした」

さすがのルーティシアも、これには驚いた。目を瞬かせて、驚きをあらわにする。

「アレンさまが、僕の耳に入らないよう手をまわしていたようです。僕宛の手紙を止められていました」

「でも、寄宿舎の管理運営は王家だったはず……」

「実質的には、この国の宰相が取り仕切っております」

つまり、アレンが宰相補佐として口を出すこともできるということだ。

それを聞き、ルーティシアは妙に納得する。

「確かに、アレンさまならやりかねないわね」

「姉上⁉　そこは納得するところではありませんよ⁉」

「だってやりそうなんだもの、あの方。きっと、私をこの国で孤立させようとしたのね」

「平然と言うことでもありませんが⁉　というか、姉上は平気なのですか……？」

「何が？」

「この状況です！」

「ええ」

即答するルーティシアを見て、アルフレッドが固まる。

「ここで暮らしてみてわかったけれど、アレンさまはヴァレリーさまのことをとても敬愛しているわ。その尊敬する方が、突然会ったことのない女性を連れて国に帰ってくるんだもの、警戒して当然よ。この国が毒と悲恋の歴史からできたことを、アルだって知っているでしょう？」

「だからといってヴァレリーさまが連れてきた女性を疑うのは、やりすぎだと思います」

「そうね。……でも、それだけアレンさまにとってヴァレリーさまは大事な方だということだわ。あの方、きっとヴァレリーさまに嫌われる覚悟でやってる」

「……」

「その覚悟に見合う努力を私もするべきだと思ったから、嫌味《いやみ》を言われても、嫌がらせをされてもがんばってこられたの。でも、アルに会いたくても会えない状況にしたのはいけないことだわ。このことはしっかりアレンさまに抗議しておくから、心配しないでね。……あれ、じゃあアルは、どうやって私のことを知ったの？」

新王妃のお披露目までは、ルーティシアがヴァレリーの結婚相手であることは伏せられているはずだ。城内で働く者にも口外禁止がきつく言い渡されている。純粋に浮かんだ疑問を口にしたルーティシアに、アルフレッドが答えた。

「フィリップさまです」

その名前を聞き、納得する。

「僕は新王妃が姉上とは知らず、その噂を耳にしてすっかり信じきっていたんです。でもこの間フィリップさまが会いに来てくださって、僕が姉上に顔を見せていないのを気にしている様子でした。最初は会話が噛《か》み合わなかったのですが、それを変に思ったフィリップさまが、姉上のことを教えてくれたんです。そこで初めて新王妃のことを知りました」

確かに、ルーティシアも少しおかしいと感じてはいた。

勉強に来ているとはいえ、姉に顔も見せられないぐらい忙しいのだろうか、と。

だが、アルフレッドはアルフレッドで国から出て単身がんばっているのだと思うと、ルーティシアが彼の邪魔をするわけにはいかないと思い、連絡するのを控えていた。

しかしまさか、ルーティシアがこの国に来たことも知らされていなかったとは。

「……そう」

「それでフィリップさまが力を貸してくれて、僕宛に届いた手紙を読んだのが一昨日だったんです。中には父上の手紙まであって驚きました……。あ、それと今日、ここに来る手助けをしてくれたのもフィリップさまです」

「……フィリップさまには、感謝してもしきれないわね」

「僕は、姉上がヴァレリーさまのことを長年見ていたのを知っています。想いを募らせる姉上の恋がうまくいくよう心から願っておりました。だからその夢が、恋が叶《かな》うのなら、周囲に望まれない結婚でも、僕が味方でいようと思っていたんです。ですが……ッ」

ルーティシアの手を逆に包み込んだアルフレッドが、力強く顔を上げた。

「ヴァレリーさまに姉上への心がないのなら、僕はこの結婚を反対します」

アルフレッドの瞳に、決意が浮かんでいる。

「僕は、姉上に幸せになってもらいたいのです。狭量だと、姉上には叱られてしまうかもしれませんが、大好きな姉上がこの先もずっと片想いを続けるのは我慢なりません……！　そんなことのために、僕は姉上の恋を応援していたんじゃない！」

慟哭《どうこく》に近いアルフレッドの心の叫びを聞き、ルーティシアの心が痛んだ。ルーティシアの手を両手で握りしめる弟のそれは震えている。目の前にいる弟が、必死になって姉である自分の幸せを心から願っているのだと言う姿を見て、何も思わない姉などいない。

ルーティシアはそっとアルフレッドの両手から片手を抜き取り、今にも泣きそうな顔をしている弟の目元を撫でた。

「ありがとう、アル」

みるみる目が潤んでいくのが見え、ルーティシアはゆっくりとアルフレッドの頭に手を回して抱き寄せる。自分の肩に額を預けさせ、弟の頭を撫でた。

「私の幸せを案じてくれたから、私に国に帰れと言ったのね」

あやすように言うと、アルフレッドは小さく頷く。

「心配させてごめんなさい。それから、私の幸せを心から願ってくれてありがとう。……私は、心優しい弟をもって幸せな姉ね」

「……僕も、姉上の弟で幸せです」

できるなら、いつまでもこうしていたかった。

だが、そういうわけにもいかない。自分の知らない間に状況が勝手に動いていたとはいえ、無関係ではない。今度は自分がどうするべきなのかを考えなければいけなかった。

「はー、なんとなく城内の方々の視線が痛いと思っていたのだけれど、まさか根も葉もない噂のせいだったとはね……。さすがに私も気づかなかったわ。だからといって、婚礼の儀を中止にさせるわけにもいかないのよね……」

思わずぼやくと、アルフレッドが顔を上げた。

「いざとなったら、僕が父上にかけあって」

「それはだめ。ただでさえこの国は他国に対して猜疑心《さいぎしん》が強いのよ。もし戦にでもなったら、父上とヴァレリーさまが築いてきたものがすべて水の泡になる」

「……」

「それだけは、私達が壊してはいけないわ」

アルフレッドがゆっくりと離れていき、少し赤くなった瞳を向ける。

「では、姉上には何か考えが……？」

「考え……というほどのものではないのだけれど、少しね」

一瞬、不安に揺れたアルフレッドの瞳を見て、ルーティシアは大丈夫だというように微笑んだ。そこへ、ドアをノックする音が届く。返事をすると、リジィがワゴンを押して中に入ってきた。

「小腹が減っているかと思い、軽い食べ物も一緒にお持ちしました」

「さっすがリジィ！　いつも細やかな気遣い、感謝するわ。さ、アルフレッド、あたたかい紅茶を飲んだら何かお腹に入れなさい。とりあえずここを出ましょう。私は着替えるからアルはあっち向いてて。リジィ、手伝ってくれる？」

「はい」

そういえば動きやすい簡素なドレスを一着持ってきていたのを思い出し、ベッドから下りたルーティシアはリジィを呼んで急いでドレスを着せてもらう。ルーティシアの身支度が終わるのと、アルフレッドが軽い食事を終えたのはほぼ同時だった。

そしてさあ部屋を出るぞというところで、アルフレッドに呼び止められた。

「姉上は、どうしてそこまでヴァレリーさまを好きでいられるのですか……？」

意を決した様子で問いかけてくる弟の瞳に、素直な心が言葉になった。

「幸せだから」

ルーティシアは、清々《すがすが》しい笑顔でそう答えた。

●・○・●・○・●

あまりの眠さに、ヴァレリーはあくびを噛《か》み殺《ころ》した。

「聞いたぞー、おまえが城内でのろけまくってる話」

真下から届いた声に一瞬で眠気が吹き飛ぶ。しかし、今は婚礼衣装の最終調整中だ、ここで動こうものなら声の主に思いきり怒られる。ヴァレリーは必死に動揺するのを堪えた。

「さて、こんなもんかな」

納得した様子で立ち上がったのは、今着ている婚礼衣装を仕立てたパージだ。最終調整をするためだと言って、仮眠しているヴァレリーを叩《たた》き起《お》こした張本人でもある。

パージとは昔なじみの間柄だ。ヴァレリーが王として立ったときも『王になったからなんだというんだ。俺とおまえは友だちだろ』と変わらぬ態度で接してくれた。ヴァレリーも一緒にいて気を遣わないでいられる、大事な友人のひとりだった。

「別にのろけているわけじゃない」

「ああそうだな。激務の合間に自分の睡眠時間を削って、ただ花嫁の話をしているだけだ。だがそのおかげか、城内の反王妃派が少しずつ新王妃を受け入れてるらしいぞ」

よかったな、と目で告げてくるパージに、ヴァレリーはゆるゆると首を振った。

「それは彼女の人柄で、俺は何もしていない。俺はただ、彼女が少しでも過ごしやすい環境になるよう話しをしただけだ。それで彼女を寂しがらせていたら、意味はないんだが」

苦笑を浮かべるヴァレリーに、パージは口元を緩めた。

「はいはい、ごちそうさま」

「パージ」

「人はそれをのろけと言うんだよ。とにかくまあ、いい子を嫁にもらってよかったな」

ふ、と口元を緩ませたパージが、何かを思い出したのか真剣な表情になった。

「そういえばおまえ知ってるのか？　アレンがやったこと」

「なんのことだ？」

いつの間にか広がったルーティシアへの悪意ある噂を、せめて城内だけでもどうにかしようとしていたのに必死で、アレンのことは特別気にしていなかった。だが、パージが言うということは、何かあったのだろう。

「直接本人から訊くといい」

それがおまえの仕事だ、と言うように、パージはひらひらと手を振って出て行く。相変わらず帰り支度をすませるのが早い男だと思いながら、ヴァレリーはその後ろ姿を見送った。夜はまだ明けていない。考えることも、処理しなければいけない書類も山積みだ。

ヴァレリーは着替える時間が惜しいと思い、式典までこの格好でいることに決めた。

この忙しさも今日までだ。執務机の椅子に座り、読み途中の報告書を手にしたところで、ノックもなしに勢いよくドアが開く。慌ただしく駆け込んできたのは、フィリップとルーティシアの弟・アルフレッドだ。ただ事ではない雰囲気に椅子から立ち上がる。

「何があった」

アルフレッドの何かを訴えるような眼差《まなざ》しからは、不安と焦りしか読み取れない。すぐにフィリップへ視線を向けると、真剣な表情を返してきた。

「ルーティシアがアルフレッドと会えていないのを不思議に思い、彼に会いに行ったところ、アルフレッド宛の手紙が故意に止められていました。それを知り、アルフレッドがルーティシアに会いたいと言ったので、協力したしだいです」

誰がそんなことを、と言いかけて、口から出たのはひとりの人物だ。

「……アレンか」

フィリップは静かに頷く。

「ヴァレリーさまが姉上のことを一番にしてくださったら、こんなことには……」

「ルーティシアがどうした」

アルフレッドの言葉に焦りをにじませるヴァレリーに、フィリップが答える。

「城を出ました」

「何!?」

小さく息を吐き、努めて冷静になろうとしているフィリップの態度に嫌な予感がした。

「――フィルレインって人がいなくなったから、こうなったんだ！」

アルフレッドの叫び声が響いた瞬間、ヴァレリーから表情が消えた。

第六章　決断

（アル、ちゃんとヴァレリーさまに伝えてくれたかしら……）

馬車に揺られながら、ルーティシアはそんなことを思う。

しかし、今はそれどころではないと気持ちを切り替え、隣に座るレイラを見た。美しさはそのままに、すっかり血の気が失《う》せている。かすかに身体も震えている彼女を元気づけるように、ルーティシアはレイラの手をしっかりと握った。大丈夫だと伝えるように。

あれから、ルーティシアはリジィを伴ってアルフレッドとともに寝室を出た。だが、いざ城を出ようとしたときに、パージとばったり出くわした。

『パージさま⁉』

驚くルーティシアに、パージはあくびをしながら『今、嬢ちゃんのドレスを納品したところだ。遅くなって悪かったな』と言った。急ごうとする弟の気配を感じ取っていたルーティシアだったが、パージの視線が別の方向へ向いたのに気づく。

ぼうっとしていたパージの表情が、みるみる真剣なものになっていった。ルーティシアも彼の見ているほうへ顔を向けると、こちらの姿に気づいたのか相手が駆け寄ってきた。

『パージ！　フィルを、フィルレインを知らない!?』

血相を変えてパージにすがりついてきたのは、レイラだった。

『いや、俺は見てないけど……、もしかしていなくなったのか？』

彼女の小さな身体を支えるようにして肩に手を添えるパージに、レイラは何度も頷く。その表情が憔悴《しょうすい》しきっているのを見て、これはただ事ではないと理解した。

『レイラさま、どこからどうやって、城《ここ》まで来たんですか？』

『え？　ルーティシアさま……？　どうして』

声をかけて初めてルーティシアの存在に気づいたのだろう、驚いた様子でレイラが言う。

『いいから、答えてください』

『あ、……騎士団の宿舎から、大通りを通って城へ……』

『わかりました。パージさま、馬車あります？　ありますよね？』

『あ、ああ。すぐそこにあるが……』

『では、その馬車をお借ります。レイラさまを抱き上げて、馬車まで行ってください。私もその馬車に乗るので、少し待っててもらえますか』

『わかった。レイラ、少しの間我慢な』

パージはしがみつくレイラを抱き上げた。それを横目に、ルーティシアは呆然《ぼうぜん》としているアルフレッドに向き直る。

『アル、お願いがあるの』

『だめです。……だめです姉上！　姉上は、このまま国へ』

『アルフレッド！』

強く弟の名を呼ぶと、彼の目にうっすらと涙が浮かんだ。きっと、ルーティシアが何を言おうとしているのかわかっているのだろう。

『……いけません。どうして姉上はそう……ッ』

泣くのを堪える弟の目元をそっと指の腹で撫で、ルーティシアは額を付け合わせる。

『ごめんなさい、アル。私はね、レイラさまと大事な話をするために城を出たの。国へ戻るためではないわ。私が私であるために必要な話をしないといけないの。わかって』

真剣に言うルーティシアに、アルフレッドは唇を引き結び、それから小さく頷いた。

『ありがとう。私は、フィルレインさまを探しに行きます。アルフレッドは、フィリップさまと合流してこのことをヴァレリーさまに伝えてちょうだい』

ルーティシアは額を離し、近くにいるリジィに目視で『よろしくね』と伝える。それから再びアルフレッドに視線を合わせた。

『アル、ことは一刻を争うわ。……フィルレインさまは、この国の未来なの』

一瞬視線を彷徨わせたアルフレッドだったが、小さく息を吐く。一度閉じた瞼が開いたときには、彼の目に迷いはなかった。

『わかりました』

ルーティシアが笑ってアルフレッドの頬を撫でたあと、なかなかこないルーティシアたちを迎えにきたのだろうフィリップの声がした。しかしそれに応えることなく、ルーティシアは踵《きびす》を返してパージの馬車へ向かったのだった。

「――そろそろ俺の店に着く。レイラ、フィルの行き先に心当たりは？」

向かいに座るパージの問いかけに、レイラは首を横に振った。

「今日は婚礼の儀だから、少し早めに起きて支度をしていたんです。そのときはあの子もそばにいたのに……、目を離した隙にいなくなってて……」

レイラの震える声に、胸が痛む。

自分の子どもが突然いなくなったのだ、心配して当然だ。しかも、ルーティシアの想像どおりヴァレリーの隠し子であったのなら、それこそ大変なことになる。ルーティシアはレイラの肩を抱き、視線を窓の外に移した。

そこでふいに、湖に目がとまる。

『私、この木の上で魔女さまに会わせてくださいってお願いしているんです』

あの日、そう言っていた彼女の言葉が蘇った。

「パージさま、レイラさま、私に心当たりが……！」

勢いよく顔を上げるレイラとパージの視線が、一瞬でルーティシアに向かった。

馬車はそのままパージの店で停まり、ルーティシアはレイラとともに馬車を降りて、城とは反対の方向へ駆け出す。そして、湖に身を乗り出すようにして生えている一本の木に辿り着いた。ルーティシアは祈るような気持ちで、探し人の名前を呼んだ。

「フィルレインさま」

お願い、ここにいて。

「フィルレインさま、いらっしゃいますか?」

二度問いかけたところで、頭上で葉のこすれる音が届く。すぐにこの間のように何かが落ちてきた。その小さな影は湖に反射する太陽の光を背にして、ゆっくりと顔を上げる。

ヴァレリーによく似た赤髪が風で揺れた。

「あれ、あのときの優しいおねえさま?」

ルーティシアを見て小首を傾げるフィルレインを、レイラが横から抱きしめる。

「フィル……‼　ああ、ああ、よかった……、よかった……ッ」

「え?　お母さま?　え?　あれ?　どうしてお母さまとおねえさまが……?」

身を案じていた娘を抱きしめ、その存在を確認した安心からか泣き出すレイラに、フィルレインは状況がわかっていない様子だった。

「あなたがいなくなって、お母さまはとても心配していたのよ」

「……え？　あれ、私、書き置きを……」

「残していません！」

泣きながら顔を上げたレイラを見て、フィルレインもやっと状況を理解したらしい。

「……すみません。心配かけました」

「まったく……、何もなかったからよかったものの、どうしてこんなところに……」

フィルレインは少し逡巡したように視線を彷徨わせたが、レイラの様子を見て黙っているわけにはいかないと思ったのだろう、重たげに口を開いた。

「……魔女さまに、会いたかったんです」

「そういえば、この間もそうおっしゃってましたよね……？　お願い事があるとか」

ルーティシアがこの間ここでフィルレインと交わした会話を思い出しながら言うと、レイラが抱きしめる腕をほどく。そして、言いにくそうに視線をそらしたフィルレインの頬を優しく覆った。

「私には、言えないお願い……？」

フィルレインが、小さな肩を震わせる。ぎゅっと小さな手を握り、彼女は顔を上げた。

「だってこんなことを言ったら、お母さまを傷つけてしまうと思って、だから……」

「気遣ってくれたのね。ありがとう。でも私は何があっても大丈夫だから、どんなお願いなのか教えてくれる？」

レイラの声とその優しさに促されるようにして、彼女は少し泣きそうな顔で言った。

「お父さまに会いたい、と」

少女の切なる願いに、ルーティシアの心がぎゅっと締め付けられる。

「ずっと会いたいと思っていました。でも、お父さまの話をするとお母さまは悲しい顔をするから、こんなこと言えなくて……。だから魔女さまに会って、私の願いを叶えてもらおうと思ったんです。お父さまに会ったら、お母さまも元気になると思ったから……」

それで、母に内緒でここまで来ていたようだ。母に心配をかけまいとするフィルレインのいじらしい行動に、ルーティシアの心が震える。

もうこのままではいけない。フィルレインのためにも、レイラのためにも。

ぎゅっと両手を握りしめたルーティシアは、背筋を伸ばした。

「こんなときに申し訳ございません。レイラさまに、折り入ってお願いがございます」

「……私にですか？」

「はい。今ここで選んでほしいのです。私の代わりに王妃になるか、私が世継ぎを産んでから王妃になるかを」

レイラは、戸惑いをあらわに目を瞠った。

「驚かれるのも無理はございません。しかし、この選択ができるのは今だけなんです。今でしたら、悪女と噂されている私からヴァレリーさまを救ったとして、みなさまから祝福してもらえます！」

「ルーティシアさま、私は」

「私が世継ぎを産んだあとで王妃になってくださるのなら、私が王妃の間はフィルレインさまを城に迎えて、レイラさま共々不自由のない生活を約束します。安心して暮らせるようにします。だから私が世継ぎを産んだあとでもまだヴァレリーさまを愛してくださるのなら、喜んで――」

「まさか、身を引くなどと言うのではないだろうな」

背後から届いた声に、誰がそこにいるのかを一瞬で理解する。時間が止まったように、しばしその場から動けなかったが、近づいてくる足音に立ち向かうようにして振り返った。

「ヴァレリーさま、私は……ッ」

あまりのまばゆさに、言おうとしていた言葉が喉の奥に消える。

歩いてくる彼は、真っ白な婚礼衣装に身を包んでいた。そこに朝陽が当たり、黄水晶の装飾がキラキラ光る。風で揺れる美しい真紅の髪に見とれていると、彼の両腕が伸びてきた。その手はルーティシアの後頭部と腰に回され、あっという間に引き寄せられる。

そして――。

「んぅ」

黙れ、と言わんばかりに口を塞がれた。

「ん、んぅ、んーッ」

　ルーティシアがヴァレリーの胸元を叩いて抵抗するが、彼はびくともしない。それどころか抱きしめる腕の力を強めて、口の中に舌を差し入れてきた。

「んむぅ⁉　んぅ、ん……ッ、んんッ」

　ヴァレリーの舌が容赦なく絡みついてくる。逃げようものなら彼の手に力が入り、ルーティシアの余計な力を奪おうと快楽を与えてきた。絡みつく舌でしごくように吸い上げられたら、もうだめだ。

「ん、んぅ……ッ、んッ」

　大好きなヴァレリーの腕の中で、身動きが取れないようがっちり抱きしめられてされるくちづけは、今までのものより胸が苦しく、離さないと言われているようで嬉しくなる。眦から溢れた涙が頬を伝い、ルーティシアがくったりと身体を預けると、ヴァレリーはゆっくりと唇を離した。

「……ヴァレリ……さま」

「声を出す力も奪ったつもりだったんだが、まだ足りなかったか」

「レイラさま……お話……」

　まだ話は終わっていないと言うルーティシアだったが、ヴァレリーに軽々と抱き上げられてしまい、それ以上は言葉にならなかった。

「ルーティシアさま」

ヴァレリーの胸元に頬を預けていたルーティシアは、レイラを見る。彼女は今までになく美しい笑みを浮かべていた。

「私とこの子に心を尽くしてくれてありがとうございます。でも、ごめんなさい。さっきのお願いはきけません。今もまだ、この子の亡くなった父親を愛しているんです」

ほんの少しさみしげな声で言い、レイラはフィルレインを見る。彼女もまた「そんな顔をしないで」と言いたげに、切ない表情を浮かべた。

「だから、魔女さまにお願いしようとしたのよね」

ゆっくり頷くフィルレインに微笑み、レイラは再びルーティシアに視線を戻す。

「ですから、安心して城へお戻りください。私もこの子と一緒に参ります」

では、彼女の父親は誰なのだろう。ルーティシアがヴァレリーの髪の色を見間違えるはずがない。不思議に思うルーティシアをよそに、レイラはヴァレリーへ向き直った。

「ヴァレリーさま。ルーティシアさまは、あのとき小さなこの子を抱えた私に、あなたが言ってくれた言葉と同じ心を向けてくださいました。お願いですから、ルーティシアさまが二度と喜んで身を引くなどと言えないように、しっかり掴んで離さないでください」

「ああ」

真剣なレイラに答えたヴァレリーの声もまた真剣そのものだった。

レイラはどこかすっきりとした表情で微笑んでいた。

「では、またあとでな、フィル」

「はい！　叔父上」

フィルレインの無邪気な声とともにヴァレリーが歩き出す。ぼんやりとふたりのやりとりを聞いていたルーティシアは、そっとヴァレリーを見上げた。

「おじ……うえ？」

「ああ。フィルレインは先王、つまり俺の兄の忘れ形見だ」

ヴァレリーの語る事実に、ルーティシアは目を瞠る。それをちらりと見やり、ヴァレリーは眉根を寄せた。

「……ルーティシア、おまえまさか……フィルレインの父親が俺だと……？」

「ご、ごめんなさいぃぃいいいいい！　フィルレインさまの髪の色があまりにもヴァレリーさまと同じ色に見えて、レイラさまともとても親しくされていらしたから、それで……」

言いながらしゅんとするルーティシアに、ヴァレリーは小さく息を吐いた。

「おまえはまた、他人を優先して自分をないがしろにしたのか」

「ち、違います。この国を考えてのことです。悪い噂を逆手にとってしまえばレイラさまが王妃になりやすくなりますし、なによりヴァレリーさまに迷惑が――」

言いながらルーティシアが顔を上げると、ヴァレリーによって鼻を軽く噛まれた。

「ふぎゅ」

「ルーティシアがいなくなることが俺の迷惑になると、いい加減気づきなさい」

それは、一体どういう意味なのだろう。

噛まれた鼻を指先で擦りながら、ルーティシアは前を向くヴァレリーを見上げた。甘い気持ちに胸が締め付けられ、心地いいのに切ない。今までどおりなんの憂いもなくヴァレリーを好きでいられるというのに、ルーティシアの心はなぜか晴れなかった。

自然と俯くルーティシアだったが、急な浮遊感に驚き顔を上げる。横向きで座らされたのは馬の背だった。何も言わず彼も馬に乗ったことで、この馬が彼のもので、彼が乗ってきたのだと理解する。横から伸びてきた彼の手が手綱を握った。

そこへ、パージがあくびをしながら近づいてきた。

「よお」

そこで初めてここがパージの店の前だということに気づく。

「大丈夫なのか？」

「ああ。手間をかけたな」

「レイラもおまえも、おまえの兄貴も俺の大事な幼なじみだからな。それから嬢ちゃん」

声をかけられると思っていなかったルーティシアは、慌ててパージを見る。

「安心して、俺が作ったドレスを着るといい」

彼のこんなにも穏やかな表情を見るのは初めてかもしれない。胸中で驚くルーティシアに、パージは続ける。

「あのドレスには俺だけでなく、そこの男の睡眠時間と嬢ちゃんの想いが込められてる」

思わずヴァレリーを見上げると、彼はほんの少し恥ずかしげに視線をそらした。こんな彼を見るのは初めてだ。珍しいものを見た気分でいるルーティシアに、パージは笑った。

「今日の式典、楽しみにしてるからな」

俺は、おまえらの味方だ。

そうパージに応援された気がして、ルーティシアは満面の笑みを浮かべた。

「はい！」

元気に返事をしたルーティシアに、パージは「じゃあな」と手を振って店へ入っていき、ヴァレリーは馬を走らせた。その方向は城なのだが、なぜか大通りをゆったり走っている。

焼きたてのパンの香りが鼻先をかすめる時間帯だ、早いところはもう店の準備をしていたり、今日のために早起きをしている者もいて、思った以上に人がいた。

しかも、その人々の視線は馬上にいるヴァレリーとルーティシアに向けられている。蹄《ひづめ》の音で顔を上げ、馬上にいるのがこの国の王で、しかも婚礼の衣装を身につけていたら、やっていることも忘れて見入ってしまうのは当然のことだ。呆然とした様子で桶《おけ》に汲んだばかりの水を流す者、あんぐりと口を開ける者、中には手にしたカップを落とす者もいた。

「ヴァレリーさま、おはようございます……？」

「ああ、おはよう」

「あれ？　ヴァレリーさまどうしたんです？」

「ちょっとな」

「陛下、素敵ー」

「あはは、ありがとう」

声をかけてくる者にヴァレリーが気軽に挨拶をしながら、馬は進む。

（……ヴァレリーさま、何を考えているのかしら……）

ルーティシアがいたたまれない気持ちになっていると、静かに馬が停まる。

そこは、大通りの中央だった。ヴァレリーが馬で歩いてきた距離分、気になった街の人がぞろぞろ着いてきていたのだろう。さらには人が人を呼び、窓から身を乗り出す者もいて、気づけば人だかりが多くなっていた。

「朝早くから大変なところ、申し訳ない」

張り上げたヴァレリーの声が、街中に響く。

「今ここにいる者たちだけでいい、馬上から失礼するが少しだけ私の話を聞いてくれないだろうか」

少しざわつくが、異を唱えるものはいなかった。不安な気持ちでヴァレリーを見上げると、彼の視線が向けられる。

「私の愛しい皆に紹介しよう。彼女が……ルーティシア・エル・ゴードウィン殿下が、私の花嫁だ」

しっかりはっきりと、ヴァレリーはルーティシアの瞳を見て言った。

衆人環視の中、式典ではないところで花嫁だと紹介された事実に時間が止まる。きっと今、ルーティシアに周囲の視線が注がれているはずなのだが、ヴァレリーの甘い視線と美しい琥珀色の瞳に囚《とら》われて気にならなかった。

ヴァレリーは大丈夫だというように微笑み、それからまた顔を上げる。

「私は、私を王にしてくれた皆に祝福してもらえる結婚がしたい」

これには、一瞬静まり返っていたざわつきが大きくなった。ヴァレリーもそれをわかっていたのだろう、反発の視線が入りまじる中、さらに声を張り上げた。

「例の噂なら私の耳にも入っている。皆が、私のことを心配していることもだ。とてもありがたい。国王冥利に尽きるというものだ。亡き父も兄も、私がそういう王になっていると知ったら喜んでくれるに違いない。それだけ、私は皆の気持ちが嬉しかった」

そこで一度言葉を切り、ヴァレリーは小さく息を吐く。

「だからこそ、噂が違うと証明したい」

口々から「証明なんてできるの？」「そんなものあるわけが」「陛下は何を考えて」など、ざわつく声が届いた。聞いてるルーティシアでさえもヴァレリーを想い不安になったが、ここでうろたえるほうがよくないと思い直し、背筋を伸ばす。

「この中で、最近フィリップが女性と一緒に歩いていたのを見た者はいるか？」

ヴァレリーの声に手を上げたのは、恰幅《かっぷく》のいい女性だった。彼女は少し離れた先の宿屋の前から人の合間を縫って近づき、ヴァレリーたちの前に立つ。

「彼女がそうか？」

ヴァレリーからの問いかけに、女性はルーティシアの顔を見て首を横に振った。

「いいえ。この方ではありません」

その発言に、周囲がざわつく。

「髪の色こそ似ておりますが、長さも、瞳の色も違います……！」

さらに周囲のざわつきが大きくなった。

「勇気を出してくれてありがとう」

彼女に優しく言ったヴァレリーに倣い、ルーティシアも胸に両手を当て感謝を送るように微笑んだ。

「騒がせてしまい申し訳ない。今後フィリップからも報告があると思うが、あいつもそのうち結婚する。その相手が、どうやら私の花嫁と間違えられてしまったらしいんだ」

「じゃあ、その方は悪女ではないんですか？」

どこからか飛んできた質問に、ヴァレリーは破顔した。

「悪女どころか、私と国のために王妃の座を人に譲ろうとするほど人がいい」

「違います、ヴァレリーさまが大好きなだけです……！」

静かな街に、ルーティシアの盛大に叫んだ「大好き」がこだまする。はっとしてすぐに口を押さえて赤面すると、周囲がどっと沸き立った。その笑い声に混ざって「あてられるなあ」「かわいい嫁さんもらって幸せだなあ、陛下」「おまえも少しぐらい俺に好きって、あ、いて」など祝福やその他の声が届き、和やかで優しい雰囲気に包まれる。

「皆には余計な心配をさせてすまなかった。ここに謝罪する。この後の式典で彼女と一緒に姿を見せるから、言い足りない祝福はそのときに頼む。私たちはそろそろ城に戻らないといけないのでな。さあ、馬を通してくれ」

ヴァレリーの言葉に周囲の人々が城への道を空けてくれた。謝辞を口にしたヴァレリーはゆっくりと馬を走らせ、人だかりを抜けてから言った。

「ルー、俺にしがみついて」

頭上から降ってきた優しい声に従うようにして、ルーティシアは彼の腰に腕を回す。ぎゅっと抱きしめると、少し速度が上がった。

「……大丈夫なんですか？　式典前なのに花嫁を紹介して」

「構わん。式典はこの後だ、慣例を破ったところで怒る神もいない。それに、噂を払拭するのにいい機会だった」

「あの、ヴァレリーさまはいつ噂のことを？」

「少し前だ。フィリップを呼び出して事情を聞き、すぐに誤解だとわかった」

だから、あんなにもすんなりと話が進んだのかと、妙に納得する。ルーティシアがフィルレインやレイラのことで誤解している間に、彼は着実に事実を確認していた。

冷静さを失わず、ちゃんと対応する彼への尊敬が増すとともに、何もできなかった自分の未熟さが際立つ。こんな自分が、本当にヴァレリーの隣に立ってもいいのだろうか。

浮かんだ不安は解消されることなく、馬が城に着く。

先に下りたヴァレリーの手を借り、ルーティシアも馬上から下りると、フィリップが駆け寄ってきた。

「ルーティシア、急げ、時間がない……！」

ヴァレリーを見上げたら、彼も彼で背中を押す。

「婚礼衣装を着たルーティシアを楽しみにしてる」

穏やかに微笑まれて胸がきゅんとした。後ろ髪を引かれる思いでヴァレリーから離れ、ルーティシアはフィリップの案内でとある部屋に押し込まれる。待ち構えていたのはリジィたち侍女数人で、あっという間に婚礼衣装に着替えさせられた。

それから式典場所となる部屋まで移動する中、ルーティシアはずっと抱えていた疑問をフィリップの背中に投げかける。

「あの、アレンさまは……」

「あいつは補佐を外された」

「え⁉　な、何かあったんですか⁉」

「……あー……、陛下の逆鱗《げきりん》に触れてな」

逆鱗。ヴァレリーには似合わない言葉に、ルーティシアは一瞬思考が白く染まりかける。

「ヴァレリーさまって怒るんですか⁉」

「なー。俺も怒ったところ初めて見たけど、それはもう恐ろしかった。俺は二度と怒らせないと誓ったね。というか、やっぱりルーティシアはすごいな」

言っている意味がわからないと首をかしげるルーティシアだったが、フィリップが立ち止まったところで自分も足を止める。そこでフィリップが楽しげに振り返った。

「ルーティシアがアレンにされたことを聞いて、ブチ切れたんだよ、うちの陛下」

満足気に言ったフィリップの後ろで、重厚なドアの両脇を固める騎士が示しを合わせたようにドアを開く。フィリップは横にずれて礼をとり、ルーティシアへ道をあけた。

ベルベットでできた深紅の絨毯《じゅうたん》を辿るように前を見ると、そこに純白の婚礼衣装を身にまとった愛しい人が立っていた。彼へと続く絨毯を、ゆっくりと足を踏みしめて歩く。

そうでもしないと、夢のようなふわふわとした気持ちで転んでしまいそうだった。

「ルーティシア」

穏やかに微笑む愛しい人に手を差し出され、ルーティシアの胸は一瞬でいっぱいになる。彼はいつもこうやって、ルーティシアに現実を教えてくれた。幸せと嬉しさで笑みが広がり、ルーティシアはその手をとった。

こうして、ヴァレリーとルーティシアは国民と城内の者たちに盛大に祝われる中、婚礼の儀を挙げたのだった。

●・○・●・○・●

「――ではルーティシアさま。私たちはこれで」

レイラとリジィがふたり揃って就寝の挨拶をする。

いつもはどちらかひとりがついてくれるのだが、今日はさすがにふたりいてくれないと無理だった。忙しさもさることながら夜明け前から起きているルーティシアには、体力の限界がきていた。ふたりに甘えるようにして湯浴みをすませ、やっと寝室に戻ってきた。

「ルーティシアさま」

リジィに続いて部屋を出ていこうとしたレイラが、思い出したように振り返る。

「フィルが、今度お会いしたいと……」

突然のお誘いに、ルーティシアから笑みがこぼれる。

「ええ、ぜひ！　では、人払いができる騎士団の寄宿舎でお茶会をしましょう！」

「……ありがとうございます。フィルにはそのように伝えておきますね」

「あ、そのときは、レイラさまも一緒ですからね」

「ルーティシアさま、私のことはレイラ、と」

「あ」

「親しみを込めてくださるのは嬉しいのですが、フィルのことを公表するまではなるべく気をつけていただけると……」

「……はい。すみません」

「でも、ルーティシアさまのそういうところ、私個人は好きですよ。では」

照れているのか、レイラは最後にそう言ってそそくさと出て行ってしまった。

閉じられたドアを見て、口元が盛大に緩む。足取りも軽やかに、ルーティシアはベッドへ身体を投げ出した。大好きなヴァレリーの匂いに包まれながら、適当に掴んだクッションを抱きしめる。背中を丸めて小さくなった。

なんだか、すべてがうまくいっているような気がする。

レイラの件はルーティシアの誤解だった。フィルレインはヴァレリーの隠し子ではなかった。

しかも、彼女ではなく「彼」だというのだから驚きだ。

もともとレイラと先王は幼なじみの間柄で、内々に結婚が決まっていたらしい。だが、レイラの妊娠とともに先王の病気が発覚し、婚姻の儀を執り行う前にこの世を去ってしまったため、フィルレインは私生児扱いになっている。

彼の出自を知るのは、先王の周囲にいたごく一部の人間のみ。

ヴァレリーは、然《しか》るべきときのために、今彼の存在が明るみに出るのはよくないと判断し、フィルレインに女性の格好をさせて騎士団の寄宿舎に住まわせた。身を隠すとともに、フィルレインを守ってくれたのだと、説明してくれたレイラは最後に言った。ルーティシアもまたフィルレインの秘密を守ることを、ヴァレリーとレイラに誓った。

「はー、でも、フィリップさまの結婚相手が、まさかリジィだったなんて……ッ！」

婚姻の儀が終わったあと、フィリップとリジィが揃って挨拶にきたのを思い出し、ルーティシアは足をばたばたとばたつかせる。話を聞くとフィリップが先に見初めたそうだ。

そのきっかけを聞く暇はなかったが、噂の原因を作ったのは自分たちだと彼らは謝った。

三人で街に出たあの日、フィリップがルーティシアのドレスを着たリジィと仲睦まじく大通りを歩いていたのを、城の者が遠目に見ていたらしい。その者が運悪くアレンに報告をしたことで、街の噂とは別に城内でもルーティシアの評価が下がっていったようだ。

アレンがルーティシアを敵視していたのも、似たような理由だった。

ちょうど湯浴みをしているときに、アレンから謝罪の手紙が届いた。

『媚薬を使ったと報告を受けてから勝手にルーティシアさまを誤解し、毒の話をした日にいつもならしない毒味をさせて嫌がらせをしました。アルフレッドさまへの手紙を止めたのも、私です。一国の宰相を補佐する立場だというのに、私はひとりの人間の伝聞だけでそれを信用し、確認もしませんでした。それがすべて誤解だったと知り、合わせる顔もございません。今までの非礼を心から謝罪いたします』

代読してくれたレイラは、このあと手紙に書かれていた媚薬の報告をしたのは自分だと話してくれた。彼女は、事前にアレンから「新王妃の様子を見てほしい」と頼まれており、途中滞在した屋敷で、ルーティシアがフィリップと廊下で話していたのをたまたま耳にしたようだ。それをアレンに報告して申し訳なかった、と謝罪した。

だが、それはルーティシアの短慮が招いたことで、レイラは悪くない。

うかつな発言をして誤解されるのは当然だ。そう考えたらわかることだったのに、ヴァレリーに求婚されたことが嬉しくて配慮を怠っていた。もっと自分がしっかりすればこんなことにはならなかったかもしれない、と後悔が胸に浮かぶ。

「私……ヴァレリーさまに……、立派な王妃って思っても、ら……るよう、がんば……」

ベッドの上で横になっているせいだろうか。

大好きなヴァレリーの匂いに包まれていることも手伝って、ルーティシアの意識が閉じていく。睡魔に引きずられるようにして、眠りに落ちていった――。

気持ちいい。

ふいに浮かんだ感情で、口元が緩む。夢だろうか。なんとなく頭を撫でられているような気がした。その手はルーティシアの頬を覆い、優しい指先で撫でてくれる。

心地いいぬくもりに、ルーティシアは自分から頬を擦り寄せた。

これはきっと大好きな手だ。ヴァレリーの手だ。

『ルーティシア』

ほら、ヴァレリーが名前を呼んでくれた。

やはりこれは幸せな夢だ。愛しいヴァレリーが夢に現れてくれた。そういうことなら、存分に甘えられる。ルーティシアは唇をなぞる彼の指の腹を舌先で舐め、そっと口の中に誘い込んだ。

ちゅくちゅく吸うと、彼の指が舌を撫でる。それが甘い快感を連れてきて、腰が軽く浮いた。もっと欲しいと指の根元までしゃぶりつくが、その指はゆっくりと引き抜かれてしまった。もう少ししゃぶっていたかったと切なくなるルーティシアだったが、すぐに唇にやわらかな感触がして胸がいっぱいになった。

ああ、さすが夢だ。ルーティシアが欲しいものを与えてくれる。

――くちづけが、ほしかった。

それは角度を変えて、ルーティシアの唇を何度も食んだ。だが、夢にしては妙に唇の感触がはっきり伝わる。不思議に思ってルーティシアが目を開けると、琥珀色の瞳とかち合った。ぼんやり見つめるルーティシアに気づき、相手も顔を上げる。

「……ヴァレリ……さま……？」

愛しい人の名をつぶやくルーティシアに、彼は苦笑を浮かべて頬を撫でる。

その手は夢うつつに感じていた手の感触と同じだった。

これは、本当に夢なのだろうか。

まだ意識がはっきりしないルーティシアには、現実と夢の判断がつかなかった。しかし、そんなことはどうでもいい。目の前に会いたいと思っていた人がいて、触れたいと思う人がいるのだ——考えることなど何もない。

伸ばした両腕をヴァレリーの首の後ろに回し、ルーティシアは彼の身体を抱き寄せる。

「……ルーティシア？」

どうした、と問うように名前を呼ばれ、ヴァレリーの吐息を耳元に感じた。触れ合うところから聞こえてくる鼓動の音が重なっていく感覚に、嬉しさで顔が緩む。

「私のヴァレリーさま」

「……」

「ヴァレリーさま、会いたかった。ぎゅってしてください。会えなかった分、たくさんたくさん、ぎゅってして。夢の中なら私のヴァレリーさまだわ。私だけのヴァレリーさま」

甘えるように言うルーティシアに、ヴァレリーは行動で応えてくれた。

抱きしめる腕の力を強くした彼は、そのまま横向きになった。彼に包まれている感覚に満たされていくと、幸せで胸もいっぱいになる。しかも、よしよしと頭を撫でてくれるところまで完璧だ。やはり夢の中のヴァレリーは、ルーティシアの欲しいものをくれる。

「ふふ。幸せ。……嬉しい」

「他にしてほしいことは……？」

「いっぱい触って、いやらしいことがしたいです」

「……随分と素直だ」

「だって夢ですもの。だから、現実のヴァレリーさまには言えないことも言えるんです」

ふふ、と笑うルーティシアを腕の中から離して、ヴァレリーは顔を覗きこんでくる。

「普段、俺に言えないことなんてあるのか？」

「私にだってありますよ、ヴァレリーさまに言ってはいけないことのひとつやふたつ」

「それはぜひ聞いてみたいものだな」

その楽しげな声に、ルーティシアもくすくす笑う。

「いいですよ」

これは夢だから。

「好きって、言ってもらいたいんです」

これだけは、絶対に求めてはいけないことだから。

「ヴァレリーさまに好きって言われたら、私きっとどんなことでもがんばれる」

一緒にいるだけでいいと思っていた。

一度、抱いてくれるだけでいいと思っていた。

それだけで生きていけると勘違いしていた。

今ではもう、ヴァレリーの心が欲しいと思っている自分がいる。夢の中でさえ、こんなにも恋焦がれている自分に気づき、ルーティシアはヴァレリーの唇に人差し指を当てた。そして、彼の胸に顔を埋めて抱きしめる腕に力をこめる。

「でもいいんです。愛させてくれるだけで幸せだから」

「……さっきは夢の中だからと甘えてきたのに、肝心なところで我慢するのか」

「だって、欲しいのは現実のヴァレリーさまだけなんだもの」

ぐりぐりと胸に顔を押し付けていると、ヴァレリーの身体が動く。

「わかった」

耳元で、真剣な低い声が囁いた。腰骨の辺りが甘く疼き、ぞくぞくした感覚が肌を這い上がる。そこへ、ルーティシアの首筋にヴァレリーの唇が押し付けられた。

「ふ、ふふ、ヴァレリーさま、くすぐった……ぁ、ん……ッ」

くすぐったさに笑っていたルーティシアだったが、すぐにその声は甘く寝室に響いた。舌先で肌をくすぐられ、ぢゅっと強く吸われる。ちくりとした痛みのようなものを感じて、ルーティシアはようやく何かがおかしいと思い始めた。だが、彼の愛撫は止まらない。

ぬるりとした感触が肌を舐めあげ、身を捩った。それでも離さないと言わんばかりに吸い付かれ、肌をくすぐる舌先と押し付けられた熱に、身体から力が抜けていく。腰が震え、助けを求めるようにヴァレリーの服を掴んだ。

「……ヴァレリー……さま、何、を」

「しるしをな」

「しる……し？」

「ああ。目が覚めても夢じゃないと思えるように」

その言葉と肌に残る甘い痛みが一致して、ルーティシアの意識が現実を認識していく。

「……え、ヴァレリー……さま？　え？　嘘、やだ、本物です⁉」

驚きの声をあげて腕の戒めを解くと、ヴァレリーはゆっくりと起き上がった。

「目は醒めたか？」

彼の琥珀色の瞳に見下ろされる。本当に夢ではないのだと、しっかり理解した。

「あ、はい。ごめんなさい」

「なぜ謝る？」

「いえ、だって、夢だと思っていた……ので、聞かなかったことに」

寝ぼけて言ったことすべてが申し訳なくなっていると、ヴァレリーが頬をくすぐる。

「それはできないな」

「だめです。忘れてください。どうせ子どもだと言いたいのでしょう？」

つい、反論が口に出た。それもほんの少し唇を尖らせて、子どものような物言いになる。

はっと我に返ったときには遅く、ヴァレリーが口元を緩ませていた。

「言わないよ」

「え？」

「おまえを子どもだと思ったら、あんなに何度も抱いたりしない」

とても甘い声で言われ、甘やかに微笑まれたら腰骨のあたりがざわついた。ときめきで胸がいっぱいになるが、同時に切なくもなる。何度も抱かれたあの日は理由があった。

「……あれは、あの夜這いの夜は、ヴァレリーさまの本意ではなかったじゃないですか。全部媚薬の」

「飲んでいいたらな」

一瞬、ヴァレリーの言っている意味がわからなかった。

「……飲んで、いたら？」

彼の言葉をもう一度繰り返したルーティシアに、理解が遅れてやってくる。いやいやまさか、そんなはずは。目を瞬かせるルーティシアに、ヴァレリーは口元を綻ばせた。

「薬を飲ませたいときは、相手から目を離すもんじゃない。人の気配で起きるよう訓練されている俺なんかを相手にするなら、なおさらな」

徐々に真剣になっていく表情を前に、ルーティシアの顔はみるみる熱くなる。

「私、私ちゃんと、あのときヴァレリーさまに媚薬を……‼」

「唇に塗られたものなら拭ったよ」

ああ、どうしよう。何も考えられない。

「うそ、嘘……ですよね……？　ヴァレリーさま、私をからかって……」

「そんなことをしてなんになる」

嘘はない、と彼の声と表情が語っている。

さっきまで寝ぼけていたせいか、ルーティシアの思考はまとまらずに混乱を極めていく。それがヴァレリーにもわかったのだろうか。ルーティシアの上から退いて横に寝そべると、ルーティシアを抱き寄せ、背中をあやすようにとんとんと叩いてくれた。

「どこまでアレンから話を聞いているのかわからないが、そもそも俺に媚薬は効かない」

驚きをあらわにして顔を上げるルーティシアに、ヴァレリーは苦笑を浮かべる。

「すまない。最初から話そう」

そう言って、ヴァレリーは話しだした。

「知っていると思うが、この国の成り立ちは毒と悲恋だ。あの悲劇が二度と起きないよう、王家に生まれた者は、身体に慣れさせるため少量の毒を飲まされることになってる。それはレイン家になってからも続き、父も祖父も、俺も兄もそうしてきた」

　あまりのことに、息が止まるかと思った。

　ルーティシアの表情を見て、ヴァレリーは大丈夫だと伝えるように頬を撫でる。

「薬剤師がそばにいてくれるから、緊急時には解毒してもらえる」

「ということは、フィルレインさまも毒を……？」

「いや、あの子にはさせていない。つらい思いをするのは俺たちの代で終わらせようと兄と約束していたからな。だから身分を明かさず匿《かくま》っている」

「そうだったんですか……」

「ああ。それでまあ、その毒の中に媚薬もあってな。多少の媚薬なら耐えられるし、何かあったときのためにと媚薬を持たされることもある」

「それはどういうときなのですか？」

「拷問するときだ」

　さらりと告げられた一言に、思わず目を瞬かせた。

「……ヴァレリーさまには、似合わないお言葉ですね……」

「あはは。そう言ってもらえるのはありがたいが……、王というのは何があってもおかしくない地位だからな。だがまあ、だいたいは俺を守る騎士が持っていることが多くて」

「フィリップさま……！」

思い出したように言うルーティシアに、ヴァレリーは褒めるように頷いた。

「あいつの持っている媚薬は拷問用で、さらにその薬は俺に効かないように出来ている。もし万が一口にしたとしても、耐性がついているんだ」

「……そうなんですか。え？　じゃああの日媚薬が効いていたのは……」

なんとなく嫌な予感がしてヴァレリーを見ると、彼はにっこり微笑んだ。

「おまえだな」

顔から火が吹き出そうになった。

視界が歪み、ヴァレリーの顔がはっきり見えなくなっていく。つまりルーティシアは、夜這いを仕掛けたはずの相手に手籠めにされたということだ。今まで見えていた事実が、少しずつひっくり返っていくのを感じながら、ルーティシアはあうあうと口を閉じたり開いたりを繰り返した。

「ああいう使い方をしたから、正確には俺も媚薬は効いていたが飲んだわけじゃない。だが、耐性のないルーティシアのほうがきっと俺よりも効き目は強かったはずだ。白状すると、ルーティシアの思惑が見えるまでは媚薬が効いたふりをした」

「ど、……どうして……そんな」

「おまえが本気でぶつかってきているのに、俺が本気にならないのは失礼だろう？」

いまだ混乱の渦中にいるルーティシアに、ヴァレリーは真剣に言う。

それは、夜這いをした夜にも見た表情だった。そこで初めてルーティシアは、あの日彼が、
彼だけが、少なくともルーティシアより冷静だったのだと思い知る。

「あの夜を、おまえは媚薬のせいにしたかったらしいが、思惑が外れて残念だったな」

意地悪く口の端を上げて笑ったヴァレリーに、ルーティシアは息を呑む。

ああ、本気だ。本当だ。彼は彼のままだ。

そんな彼を前にして、彼の言葉を疑うことはもうできなかった。

あまりの恥ずかしさですぐにでもここから逃げ出したかったが、ヴァレリーがルーティシアの頭と腰に腕をまわしているせいで、それもできない。これがルーティシアの行動を見越してのことだったとしたら、この先一生、彼の意表を突くことはできないだろう。

泣きそうになりながらヴァレリーを見ると、彼は苦笑してルーティシアの頭を撫でた。

「騙《だま》すような真似《まね》をしてすまなかった」

「ほ、本当ですよ！　じゃあ私はあの日……！」

言いかけて、口を閉じる。

覆った事実が真実であるならば、あの日とった行動で自分は何を得たのだろう。どんな意味があって、どのような答えがそこにあったのか。なんとなく見える気がしていたが、そこに気づきたくない自分もいた。

ああ、どうしよう。よくわからない。知りたいのに、知りたくない。

目に涙を浮かべて助けを求めるようにヴァレリーを見ると、彼が代わりに答えを言った。

「ただ、俺に抱かれただけだな？」

それは、つまり。

さらに考えようとするルーティシアに、ヴァレリーは顔を近づけて唇を塞ぐ。そのやわらかな唇からもたらされる優しいくちづけが、ルーティシアの心を揺さぶった。

「じゃあ……責任というのは……」

「俺が、俺の意志でおまえを愛した。……その責任だ」

彼の濡れた唇から語られた真実に、胸が一瞬でいっぱいになる。

ルーティシアは、思わずヴァレリーの腕の中から抜け出て上半身を起こした。

（嘘。嘘よ。あの日ヴァレリーさまが私を愛したなんて、そんなこと……でも媚薬を飲んでいないのなら、そういうことになるの？　え、ちょっと待ってどういうこと？）

都合のいい夢でも見てる気分だ。ベッドの軋む音で我に返ると、起き上がっただろうヴァレリーに後ろから抱きしめられる。心臓が大きく高鳴り、ルーティシアは息を呑んだ。

「ルー？」

耳元で呼ぶ声が、とても甘い。

腰骨の辺りがざわつき、思わず身体がびくりと跳ねる。

「どうして逃げる」

「に、逃げてなど……!?」

「俺の腕の中からいなくなっただろう」

だから、また閉じ込めた。――とでも言うように、彼は腕の力を強くした。

ああもう、耐えられない。

追いかけるのは慣れているが、その逆をルーティシアは一度も考えたことがなかった。

だって、振り向いてもらえるとは思わなかった。

ヴァレリーには何度となくからかわれ、あしらわれてばかりで、この気持ちは届かないのだと諦めていた。だからこんなふうに縋るように抱きしめられたり、切なげな声で愛称を呼ばれたり、追いかけてもらえたりするなんて。

「……信じられない」

「では、信じてもらおう」

そう言ったヴァレリーの声とともに頬に手がかかる。その手はルーティシアの顔を左に向けさせ、その指を顚に添えさせた――と思ったら上に向かせられ、やわらかな唇が押し付けられた。

「ん……ッ」

触れるだけのくちづけが、食むような動きでぴったりと重なる。ヴァレリーの口が、もっともっとルーティシアの唇を求め、そこを濡らしていった。

「ん、んぅ、んッ」

ヴァレリーに抱きしめられてるだけでもいやらしい気持ちになるのに、くちづけまでされたら教え込まれた快楽に隷属する。ルーティシアの身体から余計な力が抜けていくのがわかったのか、ヴァレリーの手は胸を覆った。

「んッ、んぅッ」

揉み上げる指先がルーティシアの胸に埋まる。ナイトドレス越しにもわかるほど指先は熱かった。やわやわと揉み上げられただけで、胸の先端がつんと尖る。薄布を押し上げ、ヴァレリーの指先に弄ばれるのを、今か今かと期待するように硬くなった。

「んむ、んぅ……ッ、んッ」

ゆっくりと快感を引き出すようにして、ヴァレリーはルーティシアの唇に触れる。舌先で唇を舐められたら、自然と口が開いて舌を差し出していた。ヴァレリーはルーティシアの舌にちゅ、とくちづけ、吸い付いてくる。

「んッ……ん、ん」

ちゅるちゅると優しくしごかれ、舌がとろけそうになった。しどけなく口が開き、ヴァレリーの舌が絡みついてくる。ああ、だめ気持ちいい。思考が一瞬で甘くなったのと同時に、彼が強くルーティシアの舌を吸い上げ、胸の先端もつまみ上げた。

「んんぅッ、んーッ、んッ」

待ちわびていた快感を一気に与えられ、身体が大きく跳ねる。その拍子に舌が離れてしまい、ルーティシアはくったりと背中をヴァレリーに預けた。息が荒くなっていくのを感じながら、ルーティシアは胸の突起を弄っている彼の指を呆然と眺める。

「……ヴァレリー……さま。そこ……ッ」

片方の乳首を緩急つけてきゅむきゅむとつままれた。

「ぁッ、あッ……気持ち……、いい……ッ」

「いい子だ。気持ちいいってちゃんと言えたな」

そのご褒美だと言わんばかりに、ヴァレリーは両方の乳首をつまんでくれた。

「ああぁッ」

痺れるような快感に胸を前へ突き出し、背中がしなる。そのまま身体が前に倒れていき、ルーティシアは両手をついた。長い髪が右肩から前へ流れ、あらわになったうなじにやわらかな感触が触れる。

ちゅ。その音で、彼にくちづけられたのだとわかった。腰骨の辺りから甘い疼きが這い上がり、身体が揺れる。ヴァレリーはルーティシアのそこを何度となくくちづけてきた。

「ルーティシア」

時折、甘い声で名前を呼びながら、彼はうなじに唇を押し付ける。そのたびに、ヴァレリーから「好き」だと言われているような気持ちになって胸がいっぱいだ。自然と浮かんだ涙が視界を霞《かす》ませ、彼の指先が乳首のさらに先端をよしよしと撫でる。

「ふぁッ、あッ」

身体をびくびくと震わせながら、ヴァレリーの愛撫に甘い声があがった。また体温が上がり、肌が汗ばむ。甘い快感が身体中にまとわりついているようだ。

「ヴァレリー……さま」

「ん？」

「あ、あまりそう……、大事にされたら……ッ」

おかしくなってしまう。――だが、やめないでほしい。

矛盾する感情を抱えながらわけがわからなくなってくると、ヴァレリーが首筋に顔を埋めるようにして肌を吸ってきた。ぢゅぅ、と強く吸われて声があがる。寝室にルーティシアの甘い声が満ち、ヴァレリーの愛撫も甘くなった。

「大事にしたいんだ。かわいがらせてくれ」

「あ、ぁッ、ぁあッ」

ヴァレリーの指先がルーティシアの乳首をかわいがる。その指先の熱さと力の加減に、彼の心がこもっていると思うだけで、そこはもうぴんと勃ち上がり、硬くなった。

「ぁあ、あぁッ、あー……ッ。や、ぁあんッ」

控えめだった声がはしたなくあがる。

「ルーティシア……ッ」

名前を呼ばれているだけなのに、なぜか涙が溢れて止まらない。

優しく触れるヴァレリーの指先も、うなじに触れる唇も、優しい声も、そのすべてがルーティシアを大事にしているのだと理解したら、もうだめだった。

「ふぁッ、あ、あ、やだ。ヴァレリーさま、気持ちいい……ッ」

身体が唐突に敏感にでもなったのだろうか、彼の愛撫に頭がしびれる。

「あ、あ……ッ」

どうしよう、どこもかしこも気持ちがいい。気持ちいいが止まらない。

彼の指先がルーティシアの乳首を指先で弾くように上下に動かされ、腰が揺れた。

「かわいいな、おまえは」

「ぁああッ、だめ、だめそれ……、かわいいだめ……ッ」

「どうして?」

「き、気持ちいいの……、おかしくなっちゃ……」

「俺のためにおかしくなってはくれないのか?」

「な、なる、なります。でも今は……ッ」

「悪い、無理だ」

かわいがる。――そう聞こえた気がした。

が、すぐにヴァレリーがルーティシアの乳首を両方つまみ上げたせいで、頭の中が白く染まる。背中を大きく反《そ》らせ、はしたない声があがった。身体の奥が切なく疼き、小刻みに震える身体を持て余す。すると、彼の片方の手がルーティシアの胸から下腹部へ向かい、ナイトドレスの裾から入り込む。まとわりつく快感にどうすることもできないでいる間に、秘所を撫で上げられた。

「ぁあぁッ」

すでに蜜が溢れていると、彼の指先に教えられる。

「ああ、こんなにして……」

熱のこもった声に囁かれ、また身体の奥が疼く。

彼の指はルーティシアの割れ目を何度か撫で上げ、ゆっくりと指を入れてきた。だが奥までいくことはなく、入り口のあたりで出たり入ったりを繰り返す。がっしりと抱きしめる腕の力と背中にくちづけるヴァレリーの唇で、ゆるやかな快楽を与えられた。

「ぁあッ、あーッ、……あ、あ」

「どんどん溢れてくるな。どっちがいい？　こっちも好きだろう？」

乳首をきゅっとつままれ、そのまま腹の間でくりくりと転がされる。

「やぁ、あ、ぁあッ」

いつの間に脱がされたのか、今まであった薄布の感触がない。直接乳首に触れる指の感触が直に伝わり、身体が跳ねる。さらに彼は一度熟れて尖った突起を放してから、指先で上下に揺さぶってくるのだからたまらない。

「やぁああ、あ、あ、やぁ、まただめになっちゃ……ッ」

「いいよ」

優しい声とともに、入口のあたりで浅く出たり入ったりを繰り返していた指が、奥めがけて一気に突き入れられる。

「――ッ!」

言葉にならない声があがり、頭の奥が白く弾けた。

大きく身体をしならせたルーティシアは、力なく前へ倒れていく。もう自分を支える力もなかった。腰を抱いていたヴァレリーが、腕の力でゆっくりとうつ伏せにしてくれる。荒い呼吸を整えていると、髪の毛を退かして無防備になった背中に、ヴァレリーがくちづけた。そこに薄布はなく、ヴァレリーの唇の感触だけが伝えられる。

希《こいねが》うようなくちづけだった。

心臓が大きく高鳴り、呼吸がうまくできない。

胸が苦しいのに、とても甘い。

相反する気持ちに弄ばれているのか、ルーティシア自身もヴァレリーの顔を見ることができなかった。彼の顔を見たいのに、簡単に見られない。力なくリンネルを掴む。

「ん、んッ」

ヴァレリーはルーティシアの背中にくちづけながら、腰にたまったナイトドレスを引き下ろしていく。彼の視界でゆっくりとあらわになっていく己の白い肌を想像して、ルーティシアはよけいに顔が上げられなくなった。

だめだ、恥ずかしい。

理由のわからない羞恥に襲われている間に、ヴァレリーはあっさりとルーティシアを裸にした。そこから動けないルーティシアだったが、ベッドの軋む音ではっとし、耳に触れた吐息で息を呑む。

「少しは、信じてもらえたか？」

低くかすれた声に、一瞬で胸が締め付けられ、甘い気持ちが広がった。

思わず、顔を隠すようにしてベッドへ顔を埋める。

「ルーティシア」

「……」

「返事」

失礼だとわかっていても、胸がいっぱいで言葉が出てこない。ああでもないこうでもないと胸中で返事を考えている間に、ヴァレリーは続けた。

「……俺の顔を見てはくれないのか？」

それには答えられる。こくこく。二度頷いて答えた。

「俺は、そろそろいい加減ルーティシアの顔が見たいんだが……？」

肩がぴくりと動いたが、ふるふると首を横に振った。

「どうして？」

どうしても何も、今ヴァレリーの顔を見たらきっとだめになる。

それがわかるから、ルーティシアは顔を上げることができないでいた。

「ごめ……なさ……」

声を振り絞るようにして謝ると、ヴァレリーの手がリンネルを掴むルーティシアの手を優しく覆った。安心させるように撫でさするその動きに、不思議と力が抜けていく。指の間に絡めるように指を差し込まれ、ぎゅっと握られた。

ああ、誘惑されている。

とても丁寧に誘われているのがわかり、また身体が震えた。彼が刻み込まれた身体の奥はその熱を求めて、さっきからずっと切なさを訴えてくる。

「ルー、くちづけがしたい」

乞うように耳元で囁かれ、腰のあたりが疼いた。

「顔を見られたくないのなら目をつむる。……それでも嫌か？」

そんな切ない声を出されたら、言うことをききたくなってしまう。ルーティシアがゆるゆると首を横に振って「嫌じゃない」と伝えると、ヴァレリーは「ありがとう」と嬉しそうに言って、こめかみにくちづけてくれた。

「座って目をつむったら呼ぶ」

そう言って彼が離れていき、ベッドの軋む音が離れる。彼のぬくもりを感じられないのが寂しくてすぐに顔を上げてしまいそうになったが、ぐっと堪えた。

「ルー」

おいで、と呼ばれた気がして、ルーティシアは上半身を起こす。それから深呼吸をして、ゆっくりと振り返った。ヴァレリーはクッションを背に寄りかかっている。さっきは寝ぼけていたせいであまりよく見ていなかったが、珍しくガウン姿だ。

湯浴みでもしてきたのだろうか。

窓から差し込む月の光を一身に受ける愛しい人に向かって、ルーティシアは近づく。その深みのある真紅の髪は、月の光があたってあの日の夜のように美しかった。

「ルーティシア？」

いるのか、と伸ばしてきた彼の手を取り、それを頬に当てた。

「はい、ここに」

約束どおり目をつむっているヴァレリーが、顔を綻ばせる。

「ああ、ルーティシアだ。……もっとこっちへおいで」

「で、でもこれ以上は……」

「いいから」

言われるまま、彼の手に誘われるまま、ルーティシアはヴァレリーの足をまたぐように腰を下ろす。無防備なヴァレリーを前にしたら、胸をぴったりと合わせ、自然と彼の首筋に顔を埋めていた。

「……ルーティシア」

彼もまた、ぎゅっとルーティシアを抱きしめてくれる。それが嬉しくて、ルーティシアは無意識のうちに彼の腕の中から抜け出て、そっと唇を重ね合わせていた。

そのたった一度が、二度、三度と重なっていく。

「ん……、ヴァレリー……さま……」

ヴァレリーの唇を食むように角度を変えてくちづけていくと、背中に回っていた彼の手が頭の後ろに添えられる。軽く触れ合っていただけのくちづけが深くなり、どちらからともなく舌を触れ合わせていた。

「ん、んむ、んぅ、……ヴァ……しゃ、んむぅ」

彼とのくちづけがあまりにも気持ちよくて、はしたなくもルーティシアから舌を絡ませてちゅくちゅくと吸っていた。触れ合うところから甘さがにじみ、口の中が一気に甘くなる。すると今度は、ヴァレリーが「俺の番だ」とでもいうように、ルーティシアの舌をしごくように吸い上げてきた。

「んんんぅ」

気持ちいい。

ヴァレリーの手はルーティシアを褒めるように頭を撫でてくれ、もう片方の手は腰に添えられている。よしよしと頭を撫でる手が嬉しくて、ルーティシアは自分の身体が彼の手によって導かれていることに気づかなかった。

だから、秘所に熱い塊が触れて初めて——目を開けた。

「……ッ⁉」

目の前の琥珀色の瞳が、妖しく揺れる。

その瞬間、噛みつくように唇を塞がれ、ヴァレリーの手によって腰を下ろされた。自身の体重も手伝ってか、熱の塊は一気にルーティシアのナカを満たしていく。

「んんんんぅ……ッ」

一瞬で目の前が白く弾け、待ちわびる熱で埋まったそこは喜びにわななないた。後頭部を掴まれているせいで、嬌声は全部彼の口の中へと消える。

「んぅッ、んんぅ……ッ、んー、んッ」

ヴァレリーの腕の中でどんなに身体を震わせても、跳ねさせても、彼はびくともしなかった。

むしろ強くなるその腕の力に安心さえする。ゆっくりと彼の唇が離れていき、彼は恍惚とした表情でルーティシアの頬を覆った。

「……ああ、本当に、かわいいな」

「ヴァレリー……さま」

「とろけた顔をしている」

与えられた快感に呆けていると、触れるだけのくちづけをされる。胸がきゅうと嬉しさで締め付けられ、ルーティシアは思わず顔を両手で覆った。

「……ルーティシア？」

「目、目を、目をつむっているとお約束したのに……！」

「いつまでつむるかは、約束していない」

「だ、騙されました！」

「ひどい言い草だ。……では逃げるか？」

嬉しそうに言うヴァレリーの一言に、ルーティシアは「意地悪だ」と思った。

今、ルーティシアのナカを下からみっちりと埋めているのは間違いなくヴァレリーで、逃げるためにはそれを抜かなければいけない。しかし、この体勢では容易に引き抜けない。

それをわかっていて、ヴァレリーはこんなことを言うのだろう。

「……悪い、意地悪を言った。だからそうあまり喜ぶな」

ヴァレリーの発言に、ルーティシアは困惑する。

「よ、喜ぶなんて……、私……！」

「ああほら、今も。……俺がここにいて嬉しいと絡みついてくる」

言いながら、ヴァレリーの手がルーティシアの腹部を撫でる。今度はルーティシアにもわかるほど、ナカが喜ぶように彼の熱をぎゅっと締め付けた。

（ああもう、どうして私はこうヴァレリーさまのことが大好きすぎるの……！）

そう胸中で叫ぶも、

「ルーティシアは、本当に俺のことが大好きだな」

身体を繋げたヴァレリーには意味がないのだと気づき、また胸中で叫んだ。

「……ヴァレリーさま、も……恥ずかしい……ッ」

「どこもかしこも俺を好きだというからな、おまえの身体は」

「うえ、……ごめ、ごめんなさい……」

「謝らなくていいから、いい加減顔を見せてくれ」

「だめです」

「……身体はだめだといってない」

ヴァレリーは小さく息を吐き、静かにルーティシアの手首を掴んだ。

「ルーティシア」

無理に引き剥がそうとするのではなく、優しく名前を呼ぶ。

「いい子だから」

ああ、だからずるい。

あの夜這いの夜と同じだ。大好きな彼の優しい声で懇願されたら、頑なな心もあってないようなものになる。ルーティシアは指先を震わせながら、掴まれた腕をゆっくり下ろす。

手首を掴むヴァレリーの手はそのままで、うつむき気味に顔を晒《さら》した。

「ルーティシア」

顔を見せて。

名前を呼ばれただけだというのに、どうしてヴァレリーの心が伝わってくるのだろう。名前の裏に隠された言葉を感じ取ったルーティシアはゆっくりと顔を上げた。

その琥珀色の瞳に見つめられ、愛しい人に微笑みかけられたら――一瞬でだめになった。

「――ッ、んッ」

「ルーティシア……ッ、どう……ッ」

「……ぁッ」

ヴァレリーに手首を掴まれているせいで身体が固定され、身体が勝手に跳ねるせいで、ナカに入っている熱が最奥を小刻みに押し上げる。逃げられない状況と体勢の中、ルーティシアは胸を震わせながらまた快感の海に放り出された。

「んんッ……あ、あッ」

小刻みに揺れる身体をそのままに、ルーティシアはしどけない顔で呼吸を整える。身体を駆け抜けた軽い快感がおさまってくると、とろけた思考が突然理性を取り戻した。

ルーティシアはぼろぼろと大粒の涙を流した。

「うぅ、だ、だから嫌だったんです」

「え？」

「ヴァレリーさまを見たら、変になるってわかってたから……ッ」

「……」

「も、やだ、恥ずかしい……ッ。ヴァレリーさまに恥ずかしいところ、見られちゃ……はしたなくてごめんなさい……、私さっきから変で、ずっと身体がおかしくて……ッ」

子どものように泣きじゃくるルーティシアだったが、ナカにある熱が質量を増したことに気づき、ヴァレリーを見た。

「……ヴァレリーさま？　あの、今むくって」

ひく、と肩を震わせてから言うと、ヴァレリーが肩の辺りに額を押し付けてくる。手首を掴まれているせいで動くことができなかった。

「おまえというやつは……」

呆れられてしまったのだろうか。

ヴァレリーの様子にそわそわするルーティシアだったが、ふいに手首が放されると彼の顔が上げられた。彼の名を呼ぼうとしたのだが、ヴァレリーが勢い任せに唇を塞いでくる。

「んぅッ」

頭の後ろを捕まれ、好きなだけ貪られる。

それがあまりにも気持ちよくて自然と腰が揺れた。花芽がヴァレリーの熱に当たってこすれるたび、快感が身体に走る。ああ、だめだ、気持ちいい。くちづけと相まって気持ちよくなってくると、それが彼にもわかったのか、空いた手で胸の先端をいじられる。

「ん、んぅッ、んーッ」

繋がっているところから淫猥な水音が響き、ルーティシアの蜜が溢れていることがわかった。それでもなお快楽を求めようとする自分の身体を止めることができない。

「ん、ふ……あッ……ヴァレリーさま……ッ」

ヴァレリーの首の後ろに手を回したら唇が離れ、ルーティシアは幾度となく彼の名を呼ぶ。もうすぐそこに快感の波が迫っている。ルーティシアが助けを求めるようにヴァレリーを見ると、彼は「いいよ」というようにルーティシアの頭を撫でてくれた。

前後にこするような腰の動きが徐々に速くなり、ルーティシアがもう我慢出来ないと思ったとき、ヴァレリーがぎゅぅと抱きしめてくる。そして。

「好きだ」

ヴァレリーの心が届いた。

溢れた涙が頬を滑り落ち、ルーティシアは彼の腕の中で快感の波にさらわれた。

言葉にならない声をあげ、必死でヴァレリーにしがみつく。二度、三度と大きく身体を震わせてから、くったりとヴァレリーの胸に身体を預けた。それでもまだ涙は止まらない。

「ど、どうして……今……ッ」

肩を震わせながら言うと、ヴァレリーは抱きしめる腕を強くした。

「本当はもっと早く言いたかった。でも、ルーティシアは俺の心がいらないのだと思っていたんだ。おまえは、好きだ好きだと言うわりに俺の心を求めなかったから……」

「そ、れは……ッ」

「我慢していたんだと、さっき初めて知った。俺も同じだ。言うのを、言葉にするのを我慢していた。でもだめだな。おまえに心を欲しいと言われて、ちゃんと伝えようとしたんだが……、うっかり出てしまった」

すると、彼は一度ルーティシアの身体を持ち上げて自身を引き抜いた。

ああ、いってしまった。

出て行った熱が愛おしくて残念に思っても、身体は動かない。呆けるルーティシアの身体をうまくベッドに寝そべらせたヴァレリーは、彼女の足の間に身体を割り込ませ、見下ろしてくる。ルーティシアの目元を指先で撫でた彼は、愛しげに言った。

「ルーティシアが、好きだ」

ちゃんと心を伝えてくれたというのに、彼の姿が涙で霞む。

「好きだよ」

穏やかな声で、ほんの少し照れたように言うヴァレリーに、愛しさで胸がいっぱいになった。

泣きながら両腕を伸ばすと、ヴァレリーが覆いかぶさってきてくれる。

「私も、私も好きです。好き。大好き、ヴァレリーさま」

やっと、届いた。

ぎゅぅと抱きしめて感動するルーティシアをそのままに、ヴァレリーはガウンを脱ぎ捨て、己の昂《たかぶ》りをルーティシアの濡れた秘所へとあてがった。そしてゆっくりと顔を上げた彼はルーティシアの額にかかった前髪を退かし、そこへくちづけてから唇に触れた。

俺も好きだ、というように。

「ん、んッ」

角度を変えてぴったりと唇を合わせてくる唇と共に、彼の熱がゆっくりとナカへ入ってくる。

押し入ってくるような感覚に腰を震わせながらも、ルーティシアはヴァレリーのそれを喜んで受け入れていった。

「んぅッ、んッ」

最奥をとんと押し上げられ、彼の熱がまた空っぽのそこを埋めてくれた。

「……ルーティシア？」

くちづけをやめたヴァレリーが、顔を覗き込んでくる。

「ご、ごめ、なさ……。痛いわけじゃないのに……」

涙が止まらない。

「好き……って、好きって気持ちがさっきから止まらなくて……」

我慢できない想いが、ルーティシアの心から溢れて言葉になる。

ヴァレリーはルーティシアの目元を指の腹で再び撫でてから、困ったように笑った。

「俺も同じだ」

これ以上の幸せがあるのだろうか。

「う、うれし……ッ」

涙ながらに頷くと、ヴァレリーがゆるゆると腰を動かし始めた。

「ふぁ、あッ、あ」

最奥をとんとんするような動きに、自然と声があがる。眦から溢れた涙は止まることなくクッションへ染みを作り、ルーティシアの溢れる想いも止まらなかった。

「ヴァレリーさま……、好き……、好き……ッ」

奥を穿つ彼の腰の動きに合わせて「好き」だと何度となく言う。そのたびにヴァレリーは「ああ」と相槌《あいづち》を打ってくれた。少しずつ腰の動きが速くなってくると、ヴァレリーが上半身を起こしてルーティシアの手首を掴む。腰を穿つたびに、腕の間にある胸が揺れ、それを彼が恍惚とした表情で見下ろしてきた。

ああ、なんて素敵なのだろう。

呼吸を荒くして、ルーティシアを求める彼の姿が美しい獣のように見えた。

「ヴァレリーさま、ヴァレリーさまぁ……ッ」

「ルーティシア……ッ」

「ああッ、やぁ、それ気持ちいい……、奥に……ッ」

「ああ、こうか?」

「やぁッ」

唇を舐め、嬉しそうに突き上げてくるヴァレリーを見ているだけで幸せになった。もう離れていたくない。そんな気持ちに突き動かされるようにして、ルーティシアは彼を呼ぶ。

「ヴァレリーさま、ヴァレリーさま」

気持ちが伝わったのか、ルーティシアの手首を離した彼がまた覆いかぶさってきてくれた。ルーティシアがヴァレリーの背中に腕を回し、ヴァレリーはルーティシアの頭を撫でる。たったそれだけのことだというのに、泣きたいほど嬉しかった。

これでもかってぐらい甘やかされて、我慢で固めた心をとろとろにされて、ぴったりと重なった胸から伝わるのは互いの鼓動だ。

「ヴァレリーさま、好き……、好き、好きぃッ」

「ああ」

顔を上げたヴァレリーが、愛しくてしょうがないといった表情をした。

「愛してる」

もう、それだけでだめだった。

胸がいっぱいになってぼろぼろと涙をこぼすルーティシアに、ヴァレリーがくちづける。ここに確かな愛があったのだと遅れてやってきた理解が、ルーティシアをすぐに絶頂へと導いた。

「んぅ……ッ、んーッ、ん、んぅッ」

「……ッ……はぁ、あー……ッ、ルーティシア、だめだ出る」

繋がっているところからどくんという大きな音が届くのと同時に、ナカへ勢いよく熱が放たれる。それはルーティシアの空っぽだったそこを埋め、溢れ出てくるほどの量だった。

「んッ、……ん、あッ」

二度、三度と強く腰を押し付けたあと、身体を小刻みに震わせたヴァレリーが落ちてくる。ルーティシアは愛しさのまま、ヴァレリーを抱きしめた。

「愛してるよ、ルーティシア」

一番欲しかったものが、ようやくルーティシアの耳に届いた。

終章　夢のような夜／彼が欲しかったもの

『ヴァレリーさま』

甘やかな笑みを浮かべた少女は、ゴードウィンに滞在中、気づくとそばにいた。

疲れているときや、つらいことがあったときはなおさらそばにいる。そして、何もしない。

無邪気に昼寝をしたりして、心をまるごと預けるだけだ。でもそれがやがて、そうしている
のが当たり前になり、あの熱量でずっと「好き」だのなんだのと言われていたら、それなりに
情が移ってもしょうがない。

ただ、恋情ではなかった。

それが一瞬にして変わったのは、たぶん、あのとき。

『近い内、私の結婚が決まりそうです』

正直、嫌だと思った。

さらに、ルーティシアが他の男に唇を奪われたようなことを言ったのを聞き、だいぶ気に入
らなかった。そう思ったら最後、うっかり自覚した。

ルーティシアは気づいているのだろうか。

ヴァレリー自身もそうだが、彼女には人の心を変えるひたむきさがある。

あの夜這いがなかったら、ルーティシアの勇気がなかったら、ヴァレリーは自分の気持ちを自覚すらしなかっただろう。子どもだと言い聞かせて、純真無垢な彼女を手折らないよう必死だったのは、ヴァレリーの方だったのかもしれない。

「――楽しそうだな？」

そう言って近づいてきたのは、ルーティシアの父にして、今ではヴァレリーの兄代わりであるアルフォンス・ゴードウィンだった。にこやかな表情で、その実、腹の中を見せないところは実の兄に通じるものがあって、なかなかの食わせ者だ。

今夜は、ヴァレリーとルーティシアの結婚報告を兼ねての晩餐会《ばんさんかい》が開かれており、花嫁の父でもあるアルフォンスは、現在レイノルドに滞在している。招待客への挨拶が終わり、ぼんやり感慨に耽《ふけ》るものではないと思い直し、ヴァレリーはワインを片手ににこにこしているアルフレッドに向き直った。

「……ご無沙汰しております」

「そう他人行儀にされると悲しい気持ちになるな、息子よ」

「…………アル」

完全にからかわれている。それも笑顔で、そこはかとなくいじられている気分になる。

ため息まじりに愛称で呼ぶと、彼は機嫌よくワインを口に含んだ。

「あまりそうからかわないでください……」

「あっはは。からかわれているとわかる程度には大人になったか」

けらけらと笑うアルフォンスを横目に、ヴァレリーは苦笑を浮かべた。

「そんな顔をするな。何もいじめているわけじゃない。まあ父親としては、娘をとられたわけだからな。からかうぐらい許してもらわないといけないよな。うん、まあ本当は許せないんだが、ルーティシアが幸せそうに笑っているから許さざるをえないんだが……！」

これは、本当は許したくないのだろう。

長年付き合いのあるヴァレリーには、彼の胸中が手に取るようにわかって申し訳ない気持ちでいっぱいだ。すると、アルフォンスは少し先にいるルーティシアを見て続けた。

「あの子は、もう我慢していないか？」

その横顔にほんの少し寂しさがにじんでいるのがわかる。

「わかりません。でも、そのときは存分に甘やかしています」

「なるほど、そうか。……私もそうやって娘の我慢をほぐせばよかったのか」

「……国王というのは、難儀なものですね」

「ああ。気づいたら妻の気持ちが勝手に離れ、子どもたちには我慢を強いていた。国のためを思ってやっているのに、一番大事な人を一番に大事にできないんだからな」

その気持ちが、今のヴァレリーならよくわかる。

結婚する前、あまりにも忙しくてなかなか会えないとき、彼女がひとり寝室で泣いていたことがあった。そのときのことを『あれは寂しかったわけじゃないですよ』と彼女は言ってくれたが、あとでリジィがこっそり教えてくれた。

『ルーティシアさまが泣くのは、ヴァレリーさまのことだけです』

と。

あのとき、なんでもないと、泣いていないと言う彼女が、自分に心配をかけさせないために我慢したのだと気づく。きっと本当のことを言ったら困らせてしまうのではないかと思って、口をつぐんだのだろう。大事なとき、彼女が泣いているときにそばにいられないのはこんなにも心が痛いのだと初めて知った。

「ヴァレリー」

ふいに名前を呼ばれ、アルフォンスを見る。

「俺は、おまえの幸せを心から祝福する」

真剣に告げた彼はヴァレリーに向き直り、破顔した。

「それに、もともとそのつもりだったしな」

一瞬、何を言われたのかわからない。目を瞬かせるヴァレリーにアルフォンスは続ける。

「おまえさえいいと言ってくれれば、俺はルーティシアの想いを尊重する気だった。いつヴァレリーと結婚したいと言ってもいいように心づもりはしていたんだ。だが、娘はあのとおり、王族という立場を優先して自分の気持ちを二の次にするような子だ。だから、ルーティシアにありもしない結婚話をちらつかせれば、何かしらの行動に出るとは思っていたんだが……、まさかまあ、媚薬を持ち出すとはな」

そこは誤算だった——などと気軽に言うアルフォンスに、ヴァレリーは気が抜けた。

「……けしかけたのは、アルだったのか……」

「すまんな」

あっけらかんと謝るアルフォンスに、ヴァレリーは何も言えなかった。

「親というのはな、子どもの幸せを願う生き物なんだよ」

子どもがいなくても、ヴァレリーもフィルレインの成長を見てきたひとりだ。アルフォンスの言いたいことも今では少し理解できる。同意するように口元を綻ばせるヴァレリーに、アルフォンスは笑う。

「私はな、おまえも幸せにしたかった」

「……」

「王に立った当時は、名ばかりの王だの、兄の代わりだの言って、自分が求められていないと言っていたが、うちの娘はそうじゃなかっただろう？」

いたずらがうまくいったような顔をして笑ったアルフォンスが、ほんの少しぼやけた。

「……まったく。俺はいい兄をふたりも持ちました」

「ん。大事な娘を嫁に出したのは正直寂しいが、ルーティシアをよろしく頼む」

「はい」

「ふたりで幸せになってくれ。……あいつはどうもおまえのことが好きすぎるから、私ひとりだけ幸せになるのは嫌です、と言いそうだ」

困ったように笑うアルフォンスの顔が、いつもより切なげに見えた。

王として立ったあとも支えてくれた兄代わりのアルフォンス、その大事な娘を幸せにする覚悟が自然と固まっていく。アルフォンスの視線がヴァレリーからルーティシアへ移り、ヴァレリーもまた彼女を見る。

彼女の周りには、今日も人がいっぱいだ。

アルフレッド、リジィ、フィリップ、レイラ、フィルレイン、パージにイーライ。みんなが笑顔でいるその中心に彼女はいて、その視線がふいに自分へ向けられる。

「ヴァレリーさま……！」

満面の笑みで名前を呼ぶ愛しい新妻に向かって、ヴァレリーは歩き出した。

あとがき

初めましての方もそうでない方もこんにちは。伽月るーこと申します。

このたびは、本書『国王陛下と甘い夜　新妻は旦那様にとろとろに愛されたい』を、お手にとってくださり、まことにありがとうございます。

蜜猫文庫さまでは三冊目となった今作は、一度書いてみたかった「夜這いネタ」です！

ヒーローが好きすぎるヒロインが大好きで、どちゃくそに性癖を詰め込んだ作品になりましたが、いかがでしたでしょうか。少しでも楽しんでもらえたら幸いです。

イラストを担当してくださったなおやみか先生！　素晴らしいイラストをありがとうございます！　本書から飛び出したようなルーティシアと素晴らしくイケメンでかっこいいヴァレリーさまにしばらく見とれておりました！　めっちゃ拝みました！

担当さま。いつもながら的確なご指摘ありがとうございます。そして最後に、この本に関わるすべてのみなさまと、本書を手にとってくださったあなたにたくさんの感謝を！

駆け足となり申し訳ございませんが、またどこかでお目にかかれることを祈って。

二〇二一年　三月　伽月るーこ

蜜猫 Mitsuneko Label

蜜猫文庫をお買い上げいただきありがとうございます。
この作品を読んでのご意見・ご感想をお聞かせください。
あて先は下記の通りです。

〒102-0075 東京都千代田区三番町8番地1三番町東急ビル6F
(株)竹書房　蜜猫文庫編集部
伽月るーこ先生 / なおやみか先生

国王陛下と甘い夜
新妻は旦那様にとろとろに愛されたい

2021年4月29日　初版第1刷発行

著　者　伽月るーこ　©KADUKI Ru-ko 2021
発行者　後藤明信
発行所　株式会社竹書房
〒102-0075 東京都千代田区三番町8番地1三番町東急ビル6F
email : info@takeshobo.co.jp
デザイン　antenna
印刷所　中央精版印刷株式会社